不時着する流星たち

小川洋子

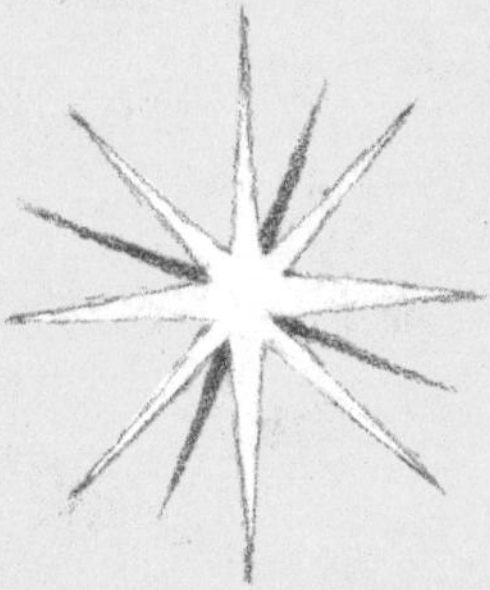

角川書店

不時着する流星たち

目次

装画　ＭＡＲＵＵ
ブックデザイン　鈴木成一デザイン室

The Queen of Kidnapping
In the memory of Henry Darger

第一話

誘拐の女王

誘拐という言葉の意味を初めて教えてくれたのは姉だった。その意味が正しかったのかどうかはともかく、彼女が私の耳元に顔を寄せ、ほとんど吐息と変わらないくらいのささやき声で、「ゆう、かい」と口にした時の、唇の生温かさは今でもよく覚えている。目つきはいかにも意味ありげで、声にはぞくっとする秘密のにおいが立ちこめ、いくら子どもの私でも、これは気安く話題にしてはならない言葉なのだなと分かった。姉は私の首に腕を巻きつけ、おでこをくっつけ、できる限り体を密着させて二人の間に小さな暗闇をこしらえ、誘拐、という言葉がそこから外へ漏れないよう細心の注意を払った。そういう大げさすぎる用心深さが、かえって両親に怪しまれる原因になりはしないかと、私は気が気でなかった。

「いいこと。他の誰にも内緒」

そう言われると、自分だけが特別に選ばれたような誇らしい気分になると同時に、何か予期しないことが起こりそうで恐くもあった。秘密を守り合う約束を交わした証拠として、姉は左右の人差し指を交差させ、暗闇の真ん中に×印を作った。彼女の指は細く、皺《しわ》ばかりが目立ち、爪は黄色みを帯びて濁っていた。その印に視線を落としながら私は黙ってうなずいた。誘拐についての話が終わり、首に巻きついていた腕から解放されると、肩に垂らした三つ編みがいつもぼさぼさになっていた。まるで私自身が誘拐されていたかのようだった。

姉とは血がつながっていなかった。そのうえ十七も歳が離れていたので、本当に姉と呼ぶのが適切なのか、微《かす》かな不安がよぎる。もしかしたら彼女にはもっと他に正しい呼び名があるのではないだろうか、と思いつつ、いまだにそれを見つけられないでいる。そのことを彼女に謝りたいのに、謝り方が分からず、なぜだか申し訳ない気持ちが込み上げてくる。

母の再婚が決まった時、相手方に成人した娘がいると聞かされてはいたが、独立して遠いところに暮らしているという話だったし、何よりまだ十歳にもならない私には、突然父親や姉ができること自体、きちんと理解できていなかった。姉とは顔を合わせる機会もないまま、新しい生活がスタートした。写真くらいは目にしたはずだが、記憶からは抜け落ちている。彼女は私にとって、ほとんどいないも同然の存在だった。

ところが一年ほど過ぎた頃、何の前触れもなく姉が私たちと同居することになった。一体どんな事情があったのだろう。理由を説明してくれる人はいなかった。ある日、二階の小部屋が片付けられ、新しいベッドが運び込まれ、母が一言、「明日からお姉さんがここをお使いになります」と言ったきりだった。

ベッドの用意が整ったちょうど同じ日、真向かいにある古い公団住宅の中庭の樹木が剪《せん》定《てい》されたのは、もちろん姉とは何の関係もないただの巡り合わせなのだが、私にはどうしても二つの出来事を切り離して思い出すことができない。そこは無人になって久しく、手入れが行き届かないまま庭木が茂り放題になっていた。私は自分の部屋の窓から、ショベルカーやチェーンソーや草刈機が次々と緑を切り倒してゆくさまを、飽きずに眺めていた。それはためらいのない暴力的な作業だった。あたりにはむせるほど土のにおいが立ち上った。まき散らされる葉の切れ端と一緒に、あちこちの茂みから飛び出してきた虫たちが宙を逃げ惑っていた。

大方背の高い樹木の枝が落とされ、下草が刈られて見通しがよくなった頃、自転車置き場の裏側、倒木や蔓《つる》や雑草が絡まり合って一段と深い茂みになっていた、近寄る者もいない日当たりの悪い一角に、突如として小屋が出現した。そんなところに建物が潜んでいるなどとは誰も知らなかった。作業員たちは代わる代わる中を覗《のぞ》き込んでは首を傾げていた。物置なのかごみ捨て場なのか管理人室なのか、用途さえはっきりとは分からなかった。

小屋はコンクリート造りで、何の飾り気もないサイコロ形をしていた。窓ガラスは割れ落ち、扉は変色してぬるぬるとし、屋根には腐った落ち葉が堆積《たいせき》していた。どこからともなく伸びてくる蔦《つた》が好き勝手に壁を這《は》い回り、その締め付けに耐えかねたようにできたひび割れからは、苔《こけ》が生えていた。

うっかり茂みに逃げ込んだものの、じわじわと蔦に首を絞められ、生きながら標本にされた動物のようだった。迂闊《うかつ》さを恥じ、頭《こうべ》を垂れ、自分で自分を埋葬しようとしている死《し》骸《がい》だった。

その翌日、姉が現れた。初めて彼女を見た時、とっさにあの小屋からやって来たに違いないと思った。理由は自分でも上手《うま》く説明できない。姉の身なりはこざっぱりとして清潔で、苔や腐った土や死骸とは到底無縁だった。どんなに目を凝らしても、身体中どこにも蔦の葉っぱ一枚ついていなかった。にもかかわらず、この人は茂みの奥にあるあの小屋に長い年月隠れていたのに、余計な邪魔が入って虫たちと同じように追い出され、行き場を失ったのだ、きっとそうだ、と確信した。


こぢんまりとした小屋のスペースに相応《ふさわ》しく、姉の荷物はとても少なかった。小さな裁縫箱が一つ。それですべてだった。まるで優美なハンドバッグを提げるように、古びた木製の裁縫箱の取っ手を握って立っていた。小豆《あずき》色の裁縫箱はニスでテカテカと光り、薬っぽいにおいがした。

どうにか落ち着きを見せはじめていた新しい父親との三人の生活は、姉の登場により、再び何もかも最初からやり直しになった。特に母は混乱していた。形の上ではもう一人娘が増えただけの話だが、事はそう単純には運ばなかった。三十五歳の母は姉と九つしか歳が違わず、むしろこの二人の方が姉妹と言ってもいい年回りだった。そのせいか話し掛けるにしても世話を焼くにしても、遠慮しながらおずおずといった様子に見えた。

「替えの下着を一揃い、一番下の引き出しに入れておきました。大きすぎもせず、小さすぎもしないサイズを選んだのですけれど、いかがなものでしょう」

「お風呂は空いている時に、いつでも入って下さって構わないのです。順番など気になさらずに。お湯の出し方はご存知です?」

「歓迎のお食事会をいたしましょう。いいアイデアじゃありませんこと? お好きなメニューを是非ともリクエストして下さいませね」

母は自分の方が娘であるかのような喋《しゃべ》り方をした。とにかく丁寧に話している限り、悪いようにはならないはずだと信じるあまり、ぎくしゃくして奇妙な言葉遣いになってしまっていた。

一方姉はどんな言葉遣いで話し掛けられようが気にも留めず、ほとんど自分からは口をきかなかった。無愛想というのではなく、むしろ穏やかな雰囲気を漂わせていたが、いつでもどこか上の空で、一人皆とは少しずれた方角を眺めていた。何より一番不思議に思ったのは、彼女が一日中家にいて、学校や仕事に行くわけでもなく、家事を手伝うわけでもないことだった。では何をして過ごしているのかと問われると、答えようがないのだった。

姉を最も的確に象徴していたのは、やはり裁縫箱だろう。家の中でもずっとそれだけは手放さなかった。食卓につく時もソファーにもたれかかる時も鏡の前で髪を梳《と》かす時も、傍らには必ず裁縫箱があった。ほとんど体の一部を成していると言ってよかった。

「中に、何が入っているの？」

夕食の席で私は尋ねた。姉の姿を目にした人なら、誰でもそう質問しないではいられないはずだ。それは膝《ひざ》の上に大事に置かれていた。

「食事中には、いささか相応しくない話題かもしれない」

しばらくの沈黙ののち、誰に向かってでもないあやふやな口調で、父が言った。母は冷蔵庫から飲み物を取り出すために立ち上がり、姉は私の声など聞こえなかった素振りで平然と食事を続けた。それ以上私は追及できなかった。その間も裁縫箱はバランスを崩したりずり落ちたりすることなく、定められた場所に大人しく納まっていた。

晩御飯のあと、私が寝るのと同じ時間に姉も自室へ下がった。

「おやすみなさい」

夜の神様にお供え物をするように裁縫箱を捧《ささ》げ持ちながら、姉は私たちに向かって深々と頭を下げた。

昼間は無口な姉が夜になると途端に騒がしくなることに、私は早くから気づいていた。ベッドに横になり、壁に耳を近づけると、隣の部屋にいる姉の声が不思議なほどはっきりと聞こえてきた。最初はいつの間にお客さんを招き入れたのだろうかと思った。三、四人の男女が話をしているのは明らかだった。しかも和気藹々《あいあい》とした様子ではなく、話し合いがこじれて不穏な具合になっているようなのが恐くてたまらなかった。

「……非道にならなければ……駄目だ、もっともっと……辱めを……取り返しがつきません……ふん、もったいぶって……だからお前なんか……出すぎたまねを……」

そんな言葉が行き交っていた。声は聞き取れても、それらをつなげて意味を理解することはできなかった。ただ誰もが我先にと姉を罵《ののし》り、姉が許しを求めているらしいというのが伝わってくるだけだった。私はベッドの中で体を丸め、暗い壁の一点を見つめながら、一刻も早く両親が姉を助け出してくれるようにと祈った。ぐずぐずしていたら手遅れになってしまう。そう思うだけで震えがきた。そのうち重いものを動かすような、何かを投げつけるような音と、姉の泣き声が聞こえはじめ、いよいよたまらなくなった私はベッドを抜け出して両親の寝室をノックした。その方が安全な気がして、毛布で体をぐるぐる巻きにしていた。

「お姉さんは、お忙しいのよ」

しかし返ってきたのは母のその一言だけだった。両親は寝室のドアを開けようともせず、姉に救いの手を差し伸べることも決してなかった。

裁縫箱の中身を見せてもらうチャンスは、案外呆気《あっけ》なく訪れた。両親が外出して二人だけで留守番をした冬休みの日曜日、私はうっかりストーブの薬缶《やかん》に触って右手の甲を火傷《やけど》した。それに気づいた姉は「あら、大変」と叫ぶと、すぐさま私を洗面所へ引っ張ってゆき、全開にした蛇口の下で右手を冷やしてくれた。その間、あまりに素早い行動に、自分が何をされているのか分からないほどだった。

「ママに怒られる……」

私は半分泣き声になって言った。よりにもよって二人きりの時になぜ騒動を起こしてしまったのか、その事の方が火傷の心配よりずっと重大な問題に思えた。

「いいえ」

きっぱりと姉は言った。

「痛い思いをしている子どもを、怒ったりする大人はいません」

火傷で赤くなったところがちょうど水流の真下にくるよう、彼女は自分のセーターが濡《ぬ》れるのも構わず、ずっと私の右手を握り続けていた。水の冷たさを越えて、彼女の手の感触がありありと伝わってきた。そこには有無を言わせぬたくましさがあった。普段の、捉《とら》えどころのないぼんやりした姿は消え去り、全く新たな彼女が出現していた。

今隣にいるこの人は、これまでどこに隠れていたのだろう。奇妙な思いで私はチラチラと横顔をうかがった。しかし彼女が間違いなく姉である証拠に、私たちの足元にはちゃんと裁縫箱が控えているのだった。

十分に患部が冷えたと判断した姉は、公団住宅の中庭へ行き、小屋を一周して茂みの残骸の中からアロエを見つけると、一枚ちぎって持ち帰ってきた。中庭の地理についてはよく承知しているという慣れた態度だった。窓辺でその様子を見やりながら私は、やはりあの小屋が姉の住処《すみか》だったのだ、と確信を深めた。

「これさえ塗っておけば、万全」

姉はアロエのねばねばした液を甲にこすりつけた。ふやけた右手は透明な膜に覆われ、窓にかざすと冬の光を通して血管が浮き上がって見えた。

「もう恐いものなし」

そう言って姉は微笑み、おまじない代わりに最後にふうっと息を吹きかけた。

「中に、何が入っているの？」

私は再びいつかの質問をした。火傷の痛みが遠のき、これなら母に黙っていても大丈夫だと気分が楽になったせいだろうか。食卓では相応しくないかもしれないが、今ならきっと許されるはずだという気がした。

「お裁縫の道具はね、何にも入っていないの。なのになぜか皆これを、裁縫箱って呼ぶのよね」

あっさりと留め金が外された。それは磨耗して緩くなっていた。火傷騒ぎに付き合わされたおかげで水滴を浴び、ニスが艶《つや》やかにてかり、薬っぽいにおいがいっそうきつく立ち上っていた。取っ手には指の形のとおりに垢《あか》が染み込んでいた。蓋《ふた》を持ち上げると、錆《さ》びた蝶番《ちょうつがい》がギシギシ軋《きし》んだ。

内側は白木のままで、表面から垂れた小豆色の塗料が好き勝手な曲線を描いていた。始終持ち歩いているせいか中はいろいろなものが入り混じり、ごちゃごちゃの状態だった。磁石、口紅、丸薬、マッチ棒、栞《しおり》、小石、紙の束、分度器、ペン先、腕章、コースター、毛鉤《けばり》、ネッカチーフ、犬の置物……。とにかく何の役に立つのかよく分からない品々がひしめき合っていた。

頼めば姉は何でも気前よく取り出して見せてくれた。触ったり裏返したり振ったりしても嫌な顔一つしなかった。手に持ってみるとそれらはすべて、どこかしら不完全であるのが分かった。磁石の針は折れ曲がり、口紅は黴《かび》だらけで、ネッカチーフには虫食いの跡があった。置物の犬は後ろ脚が一本なかった。

「ここにあるのは全部……」

そこまで言うと姉は私の首に腕を巻きつけ、体をぐいっと自分の方に引き寄せて、おでこをくっつけてきた。

「誘拐された時、ピンチを救ってくれたものたちよ」

「えっ」

思わず私は大きな声を上げた。

「誘拐？」

「そう。ゆう、かい」

「じゃあやっぱり、あの小屋に閉じ込められてたの？」

「……そうね……うん、そのとおり」

たっぷりと間を取り、姉はうなずいた。口元に笑みとも恐怖ともつかない表情が浮かんでいた。自分の勘が正しかったことに私は大いに納得しつつ、だからこそわき上がってくる気味の悪さを持て余して吐息を漏らした。

「あの小屋……」

一言一言彼女が喋るたび、額から頭蓋骨《ずがいこつ》の感触が伝わってきた。私は立ち上がって中庭の方を見たいと思ったが、首に絡まる腕が重すぎて身動きが取れなかった。治まっていたはずの火傷が、またひりひりと痛みだしている気がした。手の甲は乾いたアロエの液で薄ぼんやりした緑色に染まっていた。


以来、できるだけ母に見つからない機会をうかがっては、姉の部屋へ遊びに行き、誘拐されていた時代の冒険談をしてもらうのが楽しみになった。母が用意したベッドと着替えを入れる小さなタンス以外、そこには何もなかった。ちょっとした彩りを添える飾り、実用的な小物、貴重品、趣味の道具、思い出の写真。普通、人が暮らせば自然に集まってくるはずの品々が一切見当たらず、ただ床の中央に裁縫箱がぽつんと置かれているだけだった。

大事なポイントをマークするように、私たちはそれを前にして床に座り込んだ。まず私が目をつぶり、裁縫箱から一つ、品物を選んで取り出した。

「じゃあ、これ」

「はい、了解」

すると彼女は記憶を手繰り寄せるように一旦《いったん》宙に視線を泳がせ、それからいつもの体勢になると、腕がちゃんと首にはまっているか、おでこの間に隙間はないか確かめた。どこにも抜かりがないことがはっきりしたのち、いよいよその品物にまつわる話がスタートするのだった。

　分度器にも腕章にも毛鉤にも、ちゃんと各々に相応しい冒険があった。たとえ見た目は役立たずのがらくたであっても、その裏には誰も想像できないめくるめく世界が隠されていた。それを味わえるのは自分と姉、ただ二人きりで、他の誰も邪魔はできなかった。お互い相手の姿で視界が一杯になっているからか、余計にそう感じられた。

　一度語りはじめると、姉は絶対にしくじらなかった。言いよどんだり、つっかえたり、誤魔化したりすることなく、最初から最後まで一続きの長い歌をうたうように喋った。しかも数多い登場人物の声色を使い分け、効果音を織り交ぜ、ここぞという山場では臨場感たっぷりに感情を高揚させた。語り手であると同時に、可哀想で美しすぎるヒロインだった。

　誘拐とは、このように圧倒的なものであるのか、と私は息を呑《の》んだ。もちろん姉には何の落ち度もないのだが、誘拐された理由は、彼女が彼女であるというより他に説明の仕様がないようだった。まさに誘拐されるために生まれてきた、と言っても言い過ぎではなかった。透き通るほどの可憐《かれん》さ、隠しようもない利発さ、たぐい稀《まれ》な従順さ。彼女のすべてに心奪われた無法者は（姉は犯人をこう呼んだ）、この美点を目の当たりにしてどうして誘拐しないでいられるだろう、もし自分があきらめたとしてもきっと他の誰かがやるだけのことだ、という理屈をつけて実行に出る。

無法者と一緒の長い旅がはじまる。髪がふくらはぎまで伸びて瞳《ひとみ》の奥が空っぽになって吐きそうになってもまだ終わらない旅だ。竜巻に所持品をすべて巻き上げられる。日照り続きで意識を失う。イナゴの大群が襲う。新たな無法者の襲撃を受ける。実にさまざまな出来事が押し寄せる。飢餓もあれば感染症もある。ロシアンルーレットもあれば鞭《むち》打ちもある。わずかな期待が芽生えても、すぐに何倍もの仕打ちが返ってきて、更なる絶望へ突き落とされる。無法者はわざと落差が激しくなるように仕向けて彼女を辱め、ほくそ笑む。

こうした困難の数々を彼女は一つ一つ乗り越えてゆく。自身の知恵、忍耐力、体の強さが助けとなるばかりでなく、裁縫箱の品々が活躍する。マッチ棒の軸が、ネッカチーフの穴が、犬の後ろ脚が、彼女を絶体絶命のピンチから救出する。それらは時に、神の計らいとしか思えない奇跡を起こす。偶然の連続がそのまま、冒険の歴史となる。ああ、そうか、彼らがどこかしらに負っている傷は、冒険の勲章だったのか、と私はうなずく。

そしていよいよ、小屋に到着する。けれど旅が終わったわけではない。新たな段階に突入しただけだ。延々と続く暗闇と沈黙。これならまだ竜巻や日照りやイナゴの中を歩いていた時の方がましではないか、という気持ちにさえなってくる。金輪際一歩たりとも歩いてはならぬという命令を徹底させるため、無法者は彼女の足首に鉄球をくくりつける。

ここはどこなのだろう。彼女には見当もつかない。コンクリートの床は泥水が溜《た》まってじめじめとし、ネズミが這い回り、四隅は暗がりに包まれている。窓は生い茂る緑に塞《ふさ》がれ、しかも木々の勢いは日に日に増して、ほんの微かな日光も届かない。その間も無法者の狼藉《ろうぜき》は続く。緑に押し潰《つぶ》されるのが先か、無法者に止《とど》めを刺されるのが先か、どちらにしても残り時間はもうあとわずか……。

私の一番のお気に入りは、やはり何と言っても救出の場面だった。

「『子供たちを守護する会』の人々よ」

姉は言った。その会の名を口にする時の声は特別だった。一音一音、舌の動きが伝わってくるほど丁寧で、響きの隅々にまで感謝と尊敬の念が満ちあふれていた。

会の人々とはつまり、中庭の木々を刈っていたあの作業員たちだろうか、と一瞬私は考えるのだが、感動的な救出劇を聞けばすぐさま、それは違うと分かった。『子供たちを守護する会』の人々はもっと勇敢で、ハンサムで、誘拐の女王を救い出すのに相応しい気高さの持ち主だった。きっと私が目にした伐採作業は、肝心の場面が終わったあとの、単なる後始末に過ぎなかったのだろう。

会の人々が自分を抱き上げてくれた時の、羽が生えたような心持ちについて。引きちぎられた鉄球が床を転がる音について。無法者の口からあふれ出した血の、粘り気と臭いについて。姉はうっとりとして語った。

冒険が終わると二人とも汗だらけになった。結果は分かっているにしても、毎回、姉が無事に助け出されて安堵《あんど》し、やれやれという気持ちで一つ長い息を吐き出さないではいられなかった。あるいは、今目の前にいるか細い女性が、これほどの苦難を乗り越えたのかという事実に、畏怖《いふ》の念を抱くのだった。

「守護する会の人たちにはどうやったら会える？」

私は尋ねた。自分も守護してもらえたらいいのに、と夢見るように思った。守護という言葉の意味は難しすぎたが、姉の語り口からすれば、それが神様から指定された女王にのみ許される特権であるらしいのは明らかだった。

「簡単よ」

ふふふっ、と笑いながら姉は答えた。

「誘拐されればいいの」

なるほど、と私はつぶやいた。

「さあ、今日は、これでおしまい」

姉は裁縫箱を閉じた。

「他の誰にも内緒」

左右の人差し指で作る×印が、お話の終わりの合図だった。

部屋に何もないのは当然だ。この箱の中に彼女のすべてが仕舞われているのだから。そう、私は声にならない声でつぶやいた。

中庭の小屋は修理もされず、取り壊されもせず、放置されていた。せっかく茂みの奥から救出されたというのに、誰からも振り向いてもらえないでいた。近道をして中庭を横切ってゆく人々は幾人もいたが、立ち止まるどころか、その存在に気づきもせず行き過ぎるばかりだった。

四角い箱はじっとうずくまっていた。思いがけず埋葬が中断され、日の光にさらされ、どうしていいか戸惑っているように見えた。屋根の落ち葉も壁の苔もそのままだった。時間によっては太陽の加減で窓からぼんやり中が見えることがあった。泥なのか朽木なのかゴミなのか、黒々したものが床を覆っていた。あの片隅の、一段と濃い黒色が鉄球だろうか。私は思った。少しでも姉が動くたび鎖が足首に食い込み、皮膚が裂け、錆《さび》と血の混じった輪が浮き上がってくる様を思い描いた。頬にはまだ姉の息の感触が残っていた。

中庭をねぐらにしていた小鳥たちはすっかり姿を消し、日が暮れてもあたりは静かなままだった。あれほど好き放題に枝を茂らせ、空を覆い隠していた木々はみな、ささくれた切り株になっていた。しかし早くも落ち葉の間からは雑草が伸び、どこかに根が残っているらしい蔦は、新たな茎を小屋の壁に這わせようとしていた。

またしても、誘拐の女王を埋葬するための準備が着々と整えられているのかもしれない。私は窓辺から身を乗り出し、目を凝らした。小屋は少しずつ夕暮に沈み、鉄球も闇に塗り潰されていた。

一つ心配なのは、お話をしてくれた日の夜、姉の部屋を訪れる人数が増し、彼らの振る舞いがいっそう乱暴になることだった。本当はもっとたくさんお話を聞きたいのに、夜の騒ぎを思ってついためらってしまうのもしばしばだった。

一旦それがはじまれば、耳を塞いで聞こえない振りをすべきだという決心と、どんなささいな一言でもいいから聞いてみたいという二つの気持ちに引き裂かれて、少しも眠くならなかった。彼らはどこからやって来るのか。それはあの小屋以外にないはずだった。つまり彼らは、姉を再び誘拐しようとしているのだ。

毎日観察しているおかげで、カーテンが閉まっていても、窓ガラスに映る小屋の輪郭を正確になぞることができた。毛布のこすれる音が、落ち葉を踏んで姉の部屋に向かって来る、彼らの足音に聞こえた。相変わらず両親は固くドアを閉ざしたまま、出てくる気配を見せなかった。

ある晩、とうとう私は我慢できなくなった。忍び足で姉の部屋の前に立ち、中を覗き見した。相変わらずがらんとしていた。明かりはすべて点《とも》り、ベッドのシーツは整えられたままで、眠っていた形跡はなかった。お話の時と同じように彼女は裁縫箱を前にして床に座っていたが、強運に恵まれた可憐なヒロインの面影はどこにもなかった。膝頭は震え、視線はおどおどして定まらず、息遣いは乱れていた。縮こまった背中と紫に変色した唇のせいで、十も二十も歳を取って見えた。

「恥知らずが……」

不意にその唇から男の怒声が吐き出された。お前など……もっての外……どうやって償う……由々しい事態が……罪深い……ああ、下劣だ……

老若男女あらゆる人々が、先を競うように入れ替わり立ち替わり現れた。誰もが皆、小屋から夜の闇の中へと歩み出し、落ち葉を踏みしめて近寄ってきては姉を責め立てた。

「ごめんなさい」

姉は裁縫箱に額をこすりつけ、見えない誰かのために謝っていた。

「ごめんなさい。ごめんなさい」

それ以外、彼女には口にできる言葉が何一つ残されていないようだった。ドアの細い隙間からでも、頬が涙で濡れているのが分かった。

「ごめんなさい。いい子になります。私が悪いんです」

姉は裁縫箱を手当たり次第に引っかき回し、分度器で頬を叩《たた》いたかと思うと、ペン先を頭に何度も突き立て、小石と丸薬を耳の穴に詰め込んだ。

「もう、しません。お願いします。どうか……」

それでもお仕置きは止まなかった。マッチ棒の軸がまぶたを攻撃し、腕章は二の腕をねじり上げ、毛鉤は掌《てのひら》に突き刺さった。誘拐の冒険で活躍する品々はどれも、自らの形に相応しい、姉を痛めつけるための方法を持っていた。

「まだ足りませんか。もっとですか……」

あげくの果てに姉はネッカチーフで首を絞めはじめた。声はかすれ、途切れ途切れになり、今にも消え入りそうになった。紫を通り越して土気色になった唇の間から、だらしなく舌がはみ出ていた。もう我慢できないといった様子で、さっき詰めたばかりの小石と丸薬がぽろぽろと落ちてきた。ネッカチーフを握る手はどこまでも力を強めていた。

「いけない」

私がそう叫んでドアを押し開こうとした瞬間、姉の上半身は崩れ落ち、裁縫箱がひっくり返って仕切りの板が外れた。その時初めて、箱の中が二段に分かれ、下側にもう一つ収納場所があるのを知った。そこから、奇妙なぬいぐるみが一つ転がり出てきた。片手で握れるほどのサイズの、黄色っぽいフェルト生地でできた、猫と蝶とヘビが合体したような、何の動物とも形容しがたいぬいぐるみだった。

姉は覚束ない手つきでそれを拾い上げると、抱き寄せるようにしてネッカチーフの跡が赤く残る喉《のど》にそっと押し当てた。その仕草から、ぬいぐるみは彼女を痛めつけるための品ではないらしいと分かったが、それでも許しを求める懇願の言葉と涙は、途絶えることなくあふれ続けていた。

ドアの前にたたずみ、立ち去ることも中へ入ることもできずに、私はただ祈っていた。『子供たちを守護する会』の人々に向かって両手を合わせ、どうか姉を助けてやって下さいと、繰り返し祈っていた。

たった一度きりの機会だったから、姉と一緒に二人で外出した日のことはよく覚えている。学芸会のお芝居で使う髪飾りを買いに町まで行ったのだ。キラキラ光るビーズをあしらった可愛らしいのを買ってもらおうと、私は心弾ませていた。髪飾りの代金より大目のお金を母が姉に手渡すのを、私は見逃さなかった。その分がパフェになるかホットケーキになるか、想像するだけで口の中が甘くなってきた。母がいない、ということが尚《なお》さら自由な気分でよかった。

しかし、姉はそうでもなさそうだった。裁縫箱を提げる右手にはいつになく緊張感がみなぎり、もう片方の手は始終私の腕をつかんで離さなかった。バスの中でも大通りを歩いている間も、背中を丸め、上目遣いにあたりをうかがい、車のクラクションや子どものはしゃぎ声や、少しでも大きな音がするとびくっとして裁縫箱を胸に引き寄せた。掌や二の腕や首には例の夜の傷跡が残っていたが、私は気づかない振りをした。

「向こうから来るいかり肩の年寄り、要注意」

「あそこ、街灯の根元が錆びてる。近寄らないで」

「何、変ちくりんな帽子を被《かぶ》ったあの大女」

「こっちの道はよくないわ。カーブしてて先が見えない」

「そこ、犬の糞《ふん》」

姉はあらゆる方向に目を配り、気になる点をいちいちすべて私の耳元でささやいた。五歩も歩けば必ず何かしら注意すべき事柄に出くわし、その都度進路を変更したり道の反対側に渡ったり郵便ポストの陰に隠れたりしなければならなかった。

「一度誘拐された少女はね」

念のために言っておくけれど、という口調で姉は言った。

「感じるようになるのよ。誘拐の予感をね」

両手が塞がった状態でも姉は、どうにか苦心して人差し指で×印を作り、私に目配せした。そんなにそこら中に誘拐の危険は転がっているものなの？　とつい口走りそうになったが、思い直して踏み止まった。

そうこうするうち、髪飾りを買うはずのデパートへの道順が分からなくなった。それでも姉は立ち止まって考えるでもなく、人に尋ねるでもなく、相変わらず自らの予感に従った方向へ進むばかりだった。そもそもデパートへたどり着くより、危険を回避することの方がずっと大事な問題なのだった。

「そこの敷石、踏んじゃ駄目」

「息を止めて。この香水は危ないわ」

「Uターンしましょう。風向きが悪すぎる」

繰り出される指令はどんどん細かく、厳密になっていった。それでいてどこか喫茶店にでも入り、危険を逃れるという考えも持ち合わせていないようだった。姉はひたすら歩き続けた。時折、道に落ちている歪《ゆが》んだクリップやガラスの破片や鉄道の切符や、懲罰の役に立ちそうな何かを拾っては裁縫箱に仕舞った。

人混みをやり過ごし、横断歩道を渡り、角を曲がって見慣れない通りに出るたび、デパートからは遠ざかっていった。パフェもホットケーキもあきらめざるを得ないと悟って、私はため息をついた。足が痛み、喉が渇いて仕方なかったが、口にするタイミングがつかめなかった。誘拐の予感を一瞬でも邪魔してしまったら、私たちは本当に誘拐されるかもしれない、という恐れがどこからともなく押し寄せてきて、ただ歩調を合わせるのに精一杯だった。

「うん、ここよ」

くたびれ果ててもう一歩も歩けなくなるタイミングを計ったように、姉は突然立ち止まった。間口のそう広くない、人影もまばらな、薄暗い一軒の店の前だった。

「ここ、ここ」

姉は一人うなずきながら、中へ入っていった。細長い店内の両脇にはガラスのショーケースが設《しつら》えられ、所々にワゴンや棚が配置され、実にさまざまな形状を持つ商品がさほど整頓《せいとん》もされないまま並んでいた。しばらくあたりを見回してからようやく、そこがスポーツ用品店だと分かった。ショーケースの脇に、陰気な表情の痩《や》せた店主が立っていた。

「何でも好きなものを買ってあげる」

この店に危険はないのだろうか。ついさっきまでびくびくしていた姉は急に晴れやかな女王の声を取り戻し、店の中を歩き回っては勝手にバスケットボールを投げ上げたり、野球のグローブをはめてみたりしていた。

「遠慮しなくていいのよ」

私はそっと店主に近づき、姉に聞こえない小さな声でビーズの髪飾りは売っているかと尋ねた。できるだけ丁寧な言葉遣いを心掛けたつもりだったが、首を横に振る店主の答えは愛想がなかった。ええ、構わないんです、念のために聞いてみただけですから、というふうに慌てて私は店主から離れた。

「どんなに高くったって平気。お姉さんに任せて。ここにあるもの全部の中から、一番欲しいものを選ぶのよ」

ここにあるもの全部、と言いながら姉は腕を広げた。掌の真ん中に、毛鉤を突き刺した跡が瘡蓋《かさぶた》になって赤く盛り上がっているのが見えた。私はもう一度店内を見回した。何一つ欲しいものなど思いつかなかった。焦れば焦るほど、どうしていいのか混乱するばかりだった。

「これ」

仕方なく私は、それが何のスポーツに使う、どういう道具なのか確かめもせず、ショーケースの中の一点を指差した。偶然人差し指がそこに向いただけのことだった。

「素晴らしいじゃない。うん、いいわ。とってもいい」

髪飾りもパフェもホットケーキもすべてが遠のいてしまったあと、満足げにはしゃぐ姉の姿をせめてもの救いにしようと、私はどうにか精一杯の声で「ありがとう」と言った。

あの日、どうやって家までたどり着いたのか、帰り道については何も覚えていない。ピンク色に光るビーズの髪飾りを頭頂部に載せて踊っている学芸会の写真を見れば、無事それを手に入れたらしいとは分かるのだが、その経緯もすっかり忘れてしまった。覚えているのはただ、買ってもらったスポーツ用品がひどくかさばり、バスの乗客たちにじろじろ見られて閉口したことだけだ。どうせならもっと軽くて持ちやすい、裁縫箱に仕舞えるくらいのものを選べばよかったと、私は心から後悔した。

それは先端に瓢簞《ひょうたん》形の網がついた、私の身長と同じくらいの長さの細い棒だった。虫捕りにしても掃除道具にしても、網の目が粗すぎて役に立ちそうにはなかった。片腕を姉に取られた状態で、天井につっかえず、通路にもはみ出さない角度を保ってその棒を握り続けるのは骨が折れた。

後にその棒はラクロスのスティックであると判明した。それが分かったからと言って別にどうなるものでもなかった。いまだに私はラクロスがどういう競技なのか知らない。しかしスティックはずっと、私の傍らにあり続けている。一度として競技場を走り回ることも球を受けることもなかったが、引越しのたび私に付き従ってきた。これまで私が暮らしたすべての部屋の片隅に、姉に買ってもらったラクロスのスティックが立て掛けられている。

「あなた、いいものを選んだわ」

姉は私を褒めた。

「これで無法者たちをやっつけられるもの」

姉は私に向かってウインクを返し、初めて裁縫箱の下の段を開けて見せてくれた。

「私が誘拐された時の新聞記事」

取って置きの宝物のように取り出されたその切抜きはすっかり変色し、折り目が擦り切れ、不用意に触れると粉々になってしまいそうだった。

可愛らしい女の子の白黒写真が載っていた。襟と袖口《そで》がレースになったワンピースを着て、上等そうな革靴を履き、こちらをじっと見つめてはにかんだ笑みを浮かべている。カールした髪がふわふわと肩の上で撥《は》ねている。瞳はガラスかと見紛《みまが》うほどに透き通っている。どれほど目を凝らしても、姉の面影などどこにもない。私の知らないどこか遠い国の少女だ。少女の写真は黒い線で縁取られている。

「あなただけに読ませてあげる」

そこに印刷されているのは、不思議な形をした見慣れない文字だった。一文字として私には理解できなかった。

記事の下にはいつかの夜彼女が抱き寄せていたぬいぐるみが隠れていた。近くで見ると余計その奇妙さは際立ち、もはや何の動物か考えるのは無駄なのだと分かった。丸い頭に三角の耳。四枚の羽に脚のない胴体。先端がくるりと丸まった尻尾《しっぽ》。縫い目からはみ出した黒ずんだ綿。

「『子供たちを守護する会』のお守りよ」

姉は言った。

「会の人がくれたの。名前はブレンゲン。毒はないから安心して」

姉は黄色い羽をパタパタしてみせた。

「ブレンゲンとあの棒があれば、私たちは最強ね。何の心配もいらない。ね、そうでしょう？」

いくら確かめても足りないというふうに、姉はしっかりとお守りを握り締め、私がうなずくまで繰り返し何度でも念を押した。

結局、姉と暮らした月日は半年にも満たなかった。以降、彼女と会うことは一度もなかった。母と父が離婚したからだった。中庭の小屋がその後どうなったか、もはや確かめようもない。姉は私の元から再び誘拐されたも同然だった。

今夜彼女はどんな冒険の果てに誘拐の窮地から自分を救い出しているのだろう。時折、私は考える。随分時間が経ってしまったのに、ほんの一瞬でも自分の姉であった人だから、細かいところまで鮮やかに思い出せる。思い出しているうちに自然と、祈っている自分に気づく。

『子供たちを守護する会』の皆様、どうか姉をお守り下さい。

私はラクロスのスティックを握り、夜の奥深さに比べればあまりにも頼りなく小さな網を振りかざす。そしてこれ以上誘拐の女王が傷つかないために、邪悪な闇をその棒で切り裂く。私の右手の甲には、火傷の跡がまだうっすら残っている。

Henry Darger

ヘンリー・ダーガー（1892－1973）

アメリカ、イリノイ州シカゴ生まれ。子どもをさらう悪と戦う、少女戦士たちの長大な絵物語『非現実の王国で』を人知れず創作し、誰にも認められないまま、一掃除夫として死去。病気のため救貧院に移る際、ゴミに埋もれた部屋の中から、アパートの大家によってその物語は救い出される。ブレンゲンは子どもたちの幸せを心から願う、王国の怪獣。喉の奥の針から甘い液体を放出し、子どもたちをよみがえらせる。

墓碑には『子供たちの守護者』と刻まれている。

A Letter to the Chairperson of Walking Association
In the memory of Robert Otto Walser

第　二　話

散歩同盟会長への手紙

今日は少し冷えるようなので、厚手のコートを着て、ブーツの紐《ひも》をしっかり結んで出掛けることにします。もちろん、マフラーと手袋も忘れないようにしましょう。

空は晴れ渡っています。小石を一つ落とせば、どんな楽器にも出せない澄んだ音が響いてきそうじゃありませんか。花壇の枯れた花々も、門扉に掲げられている旗も、囲いに沿って連なる常緑樹も、目に入るものすべてがしんとして、動いているのはただ、木々の間をすり抜けてゆく小鳥たちばかりです。日陰に入ると、解けきらなかった霜の感触と一緒に、地面の冷気が靴底から伝わってきます。しかし、しばらく歩いていれば、足の冷たさなど気にならなくなるでしょう。日差しはたっぷりと降り注いでいますし、風もありません。散歩にはうってつけの午後です。

ただし、散歩同盟の会員として、私はよく承知しております。良い天候が、必ずしも散歩に必要な条件ではないということを。いや、それどころか、こんな日に外を歩き回るなんて、と眉《まゆ》をひそめられそうな時こそ、むしろ散歩本来のあるべき姿に触れるチャンスではないか、と思っています。

ここに来る前の、遠い昔の話です。当時暮らしていたアパートのそばに、質素で謹厳で、躾《しつけ》のきちんとした子だくさんの一家が住んでいたのですが、毎日、子どもたち八人全員がそろって近所の市民公園を散歩するのを一日の義務としていました。大雨の日も猛暑の日も例外はありません。体の鍛錬になると母親が考えていたようです。背の高い順に一列に並んだ、修行のようにも見える彼らの行進は、近所のちょっとした名物になるほどでした。ところがある日、不幸なことに母親が胃がんで死んでしまったのです。子どもの鍛錬にばかり気を配りすぎて、自分の体を顧みる余裕がなかったのでしょうか。その葬儀の風景が今でも忘れられません。墓地までの長い道のりを、子どもたち八人、毎日繰り返してきた散歩のとおり、一列に並んで歩き通しました。実に見事な歩みでした。嘆きのために自らを失うことなく、心静かに母親への思慕に浸りながら、伏せた目で互いをいたわり合う。一歩一歩の足音が、きょうだいたちだけに通じる無言の言葉になる。そこにあるのは死のむごたらしさではなく、むしろ清らかさでした。ああ、この時のために母親は、来る日も来る日も子どもたちを散歩させていたのか、と皆が納得したのでした。

目も開けていられないほどの大風が吹き荒れる日、降り止《や》む気配のない雪の日、やはり私は散歩をします。どんなにしっかり踏ん張っていても、コートの裾《すそ》がばたばたとなびいて飛ばされそうになったり、どこからともなく入り込んできた雪で靴の中が気持ち悪く濡《ぬ》れてしまったり、あちこちの体の辛《つら》さが、歩いているうちに少しずつ、別の何かに昇華してゆく様を感じるのが好きなのです。例えば、巻き上げられた砂が宙に描く正確な螺旋《らせん》。ひねくれた一欠片《かけら》さえなく定められた方向へ流れてゆく雲。やがて消えると承知しながら私の一歩を忠実に刻む足跡。一呼吸ごとにほんの一瞬で消えてゆく白い息の慎み深さ。つまりそういう何かです。

私自身と体の間に隙間が生じ、体だけがわずかに後ずさりする。なのに心細くなく、それどころか軽やかな気分にさえなって、このまま歩いてゆく先がたとえあの世でも、やっぱり散歩し続けたいと思えるような心持ち。そこにまで至るのはたいてい、天気の厳しい日です。あたりを見渡しても誰一人散歩仲間を見つけられない時、私はしばしばあの八人の子どもを思い出します。彼らの清らかな背中を目印にして歩きます。

そういえば会長の人生最後の散歩は、雪の日だったと伺っています。掌《てのひら》くらいもあろうかという雪が降りしきり、風景はもちろん、あなた自身も歩きながらに覆い隠されてしまうような天候ではなかったか、と想像しています。散歩の最中、本当に別の何かに昇華してしまわれるとは、これほどまで散歩同盟の会長に相応《ふさわ》しい振る舞いは、他にないことでしょう。

もちろん私は正しい散歩のあり方をここで説くつもりなどありません。そもそも散歩に正しいも間違っているもないのですから。散歩同盟の好ましい点は、会則だの誓約書だの、野暮な形式が何一つないところです。人生に散歩を必要とする者、唯一その一点を満たせば、誰でも会員です。何と気分のよい明瞭《めいりょう》さでしょうか。

私はしばらく花壇の脇の小道を進み、菜園をぐるりと迂回《うかい》して、小川に架かるアーチ形の橋を渡ります。ルートは気の向くまま、毎日ばらばらです。そこかしこに同じく散歩をする人々の姿があります。せいぜい目礼を交わす程度で、たいていはただ黙ってすれ違うばかりです。敢《あ》えて確かめる必要もないので、彼らが同じ同盟の会員かどうかは分かりません。私はさほど親しくない人と気楽にお喋《しゃべ》りできるタイプではありませんし、ここにいる人たちほとんどすべてがきっと同じ傾向にあるからです。

私のお気に入りの一つに、囲いに沿って丸々一周するというルートがあります。どんなにいい香りのする薔薇《ばら》が咲いていようと、どんなに可愛らしい子犬が転げ回っていようと寄り道せず、囲いより高く生い茂った木々の下、道とも言えない道をひたすら歩くのです。さあ、どれくらいの時間がかかるでしょうか。四十分か、二時間か、半日か、一生か。日当たりの悪いじめじめした地面に靴は汚れ、髪が枝先に引っ掛かり、尖《とが》った葉で頬がチクチクしますけれど気にしません。幹と幹の狭い間をくぐり抜けながら、時々、囲いに手を触れます。掌の向こうにはもう、世界はないのだ、とつぶやきます。目を閉じ、肩をすぼめ、この世の一番端にいる自分をかみしめます。そこが私の居場所です。

ここでは、囲いから外へ出てはいけない決まりになっています。私がたどり着いた時には既にそうなっていました。もちろん許可願いを届け出ればいつでも外出できるのですから、ご心配には及びません。ただ私が一度もその届けを出していないだけの話です。なぜ皆が外へ行きたがるのか、不思議に思います。ここには林も丘も温室も水車もトンネルもあります。お菓子と甘い飲み物を売る売店もあれば、廃墟《はいきょ》になった娯楽室もあります。貯水池にはつがいの小鴨が棲《す》み着いていますし、薬局の受付にはにっこり微笑んで白い袋を手渡してくれる見習いの少女が立っています。

これ以上、他に何が必要でしょう。私には思いつきません。もう十分ではありませんか。世界を囲えば、そこにはまた世界ができる、と何かの本に書いてありました。それはたぶん、夜明け前、菜園に産み付けられた蝶《ちょう》の卵が、一枚の葉に浮かぶ明星のように光って見えるのと同じことなのでしょう、きっと。

信じてもらえないかもしれませんが、私は無口な人間です。こうしてあなたに話し掛けているのも全部、心の中で起こっている出来事であって、外から見れば私はむっつりと黙っている男にすぎません。ここにいないものにだけ聞こえる声ではいくらでもたくさんお喋りできるのに、目の前にいる人に向かっては、なぜだか上手《うま》く言葉が浮かんでこないのです。

特に饒舌《じょうぜつ》になるのはやはり、散歩の最中です。その間中ずっと喋り続けていると言ってもいいくらいです。話し相手に不自由はしません。あなたをはじめ、何しろ私が親しみを覚える人たちはほとんど全員、遠くへ消え去って、〝ここにいないもの〟になっていますから。

何十年も前に工場の事故で死んだ若い父。遠い町の文房具屋へお嫁に行った妹。背中を丸めると妹のドールハウスに収まりそうなほど小さかった働き者の祖母。決して手に乗ろうとしなかった誇り高い文鳥。枕元に常に積み重ねてある小説の登場人物たち……。さきほど私は、全員、などという言い方をしましたが、改めて挙げてみれば、そうたいした人数ではないようです。十本の指で十分に足ります。

また少し気温が下がってきました。指の付け根まで革手袋をしっかりはめ直しましょう。もうすっかりぼろぼろで、縫い目はゆるみ、指先は磨《す》り減っています。父の形見の手袋です。

二日前に降った雨のせいで小川の水量が増え、流れが岩にぶつかってあちこちで白い渦を巻いています。水辺の際まで下りてゆくと、空がいっそう高々と開けて見えます。しばらく空を眺め、深呼吸をしたあと、ブーツが水に濡れるぎりぎりのところを上流に向かって歩いてゆきます。小石を探すためです。これがもう一つ、お喋りの他に大切な散歩の楽しみです。

いつだったか偶然、面白い形の小石を見つけました。〝て〟という字の形をしているのです。思わず拾い上げ、掌にのせてしみじみと眺めました。どういう自然の計らいなのか、曲線と窪《くぼ》みが上手い具合に組み合わさって、不完全ながらも〝て〟の輪郭を成しています。丸みのあるぽってりとした感じは、ここまで一生懸命頑張ってみました、とでも言いたげな愛嬌《あいきょう》がありました。どうしてそれを見捨てることなどできるでしょう。私は小石をズボンのポケットに仕舞い、部屋まで持ち帰りました。

　例えば小石が星や花に似ているのなら、ただ可愛いと思うだけで済むでしょう。どちらも自然が生み出した、親類同士です。しかし、人間がこしらえた文字と、自然のものが密《ひそ》かに通じ合っている。その神秘に私は魅入られました。本当は誰にも知られてはならない秘密の目配せに、自分は偶然気づいてしまったのではないだろうか。そんな大げさな思いにとらわれたのです。

　以来、散歩の途中、文字に似た小石を見つけては拾い集めています。どんなに見事に文字を形作っていても、人工的な金属には手を出しません。自然の石であること。それが大事です。

　地面には驚くほど多様な小石たちが落ちています。自分の靴の下に、これだけの複雑さが潜んでいるのかと思うだけで、散歩の一歩一歩が尊い響きを持ってくるようです。小川のほとり、雑木林の奥、車寄せの砂利道、見晴らし台へ続く階段、芝生広場。角ばってざらざらしていたり、乾燥して無駄がそぎ落とされていたり、あくまでも滑らかであったり、それぞれ場所によって小石たちの個性も違っています。彼らの形にはきっと、私などには思いも及ばない深遠な意味が秘められているのでしょう。残念ながら私に読み取れるのは、途切れ途切れの文字だけです。

　幸運な発見はそうたびたび訪れてはくれません。一日中散歩をして、ポケットが空のままで終わる、という日が数か月続くのも珍しくはありません。しかし焦りは禁物です。半ば強引に、似ている、と断定したりすると必ず、翌日になって自分の下した妥協に嫌気が差し、拾ってきた場所へ戻しに行かなければならないはめに陥ります。まだまだ長い道のりです。

　お願いですからどうか、笑わないと約束して下さい。若い頃、私は小説を書きたいと思っていました。もし小説が書けたらどんなに素晴らしいか。机に向かってペンを握っている自分、あるべき文章の連なりを導き出そうと真夜中の暗闇でうずくまっている自分、物語の世界に佇《たたず》み登場人物たちが動きだすのを待っている自分、書き疲れてへとへとになった体を休めるために散歩する自分。いくらでもあるべき姿を胸に浮かべることができました。実際何度か執筆に挑戦し、それらしい紙の束が仕上がったこともあります。しかしそれは、手を離せば呆気《あっけ》なくばらばらに飛び散ってしまう、薄っぺらな断片に過ぎませんでした。風に紛れ、宙をさ迷い、人知れず踏み付けにされる断片です。自分自身が粉々に千切れてゆくような気分でした。私が実現できたのはただ、散歩する自分だけです。

　それでもどこかで諦《あきら》めきれなかったのでしょう。いくつか職を転々としたあと、ようやく落ち着いた先は出版社の梱包係でした。少しでも小説のそばにいたかったのです。そばと言っても職場は建物の地下、いつも機械の音がやかましく鳴り続けているボイラー室の隣の一室で、本を作っている場所からはかけ離れていました。勤務していた十七年の間、編集部や装丁室や校閲部へ足を踏み入れる機会は一度としてありませんでした。

私の仕事は出版社から発送する荷物の梱包です。まあ、言ってみればそれだけのことですが、どんな種類の仕事でもそうであるとおり、実際にやってみると案外奥が深く、十七年勤めてもまだ極めきれないものがありました。荷物の種類は多岐にわたります。カワウソの剝製《はくせい》、500号の油絵、ボツリヌス菌、義手、珊瑚《さんご》の置物、金魚、神棚、サイン入りバット、ペルシャ絨毯《じゅうたん》、シャーベットの詰め合わせ……。もちろん一番多いのは本ですが、本だからと言って簡単に梱包できるというものではありません。博物館に収蔵されるほどの稀少本《きしょうぼん》もあれば、千冊を超える大量発送もあります。とにかく、大きすぎる、小さすぎる、溶ける、割れる、いびつ、におう、死ぬ……。あらゆる困難がつきまといます。それらを克服するための最も的確な梱包材、紐の掛け方、中身の組み合わせ、緩衝材の種類を瞬時に判断しなければなりません。ほとんどの荷物はすべて急ぎなのです。当然、安全で確実なだけではなく、配送費を抑える工夫も求められます。更には梱包し終えた姿が美しいかどうか。その点においても、妥協はしません。

自慢する気はないのですが、私は誠心誠意、与えられた仕事に打ち込んでいました。小説への未練に引きずられないよう自分を戒め、梱包係として誇りを持ち、少しでも向上すべく努力を惜しまなかったつもりです。空き時間には、より使い勝手のいい安価な梱包材を探してカタログをめくり、郵便の料金体系を暗記し、余った段ボールで詰め方の練習をしました。無駄な空洞を生まない仕組みを知るため、数学の本を読んで研究したこともありました。

窓もない狭い地下室に一日中閉じこもり、今自分の手にある品物を送る人が誰か、それを受け取るのがどんな人か知る由もなく、感謝もされず、ひたすらそれを包んでゆく。昼になれば、自分で作った弁当を作業台の隅で食べ、終業のベルが鳴ればアパートへ帰って弁当箱に入りきらなかったおかずの残りを食べる。休日には図書館で借りた本と、社員割引で買った本を読む。そして散歩をする。

夜、眠れない時はよく、あなたの小説を書き写していました。小刀で丹念に尖らせた鉛筆で、一字一字、本に印刷された文字を手書きにしてゆく。下書き用に使っておられたという掌大の紙片に、あなたが鉛筆で書き付けた文字が、やがて活字になり本になる。その時間の流れを、逆戻りさせるわけです。そうしていれば、ほんのわずか、あなたのそばにいるような錯覚に浸ることができます。散歩の途中、立ち止まって紙片に鉛筆を走らせているあなたの脇に立ち、手元を見つめ、紙の上を滑る鉛筆の音に聞き入っているかのような気持ちです。

文字を書いていると落ち着きます。それが敬愛する作家の小説ならば尚更《なおさら》です。目で読んでいるだけの時より、手を使って書いている時の方がずっと親密にその小説と交わることができる気がします。本当は自分で小説を書ければよいのですが、私には過ぎた望みなのだとよく分かっています。この世には素晴らしい小説が既にあるのですから、私のような者が出過ぎた真似をする必要などないのです。

棒や曲線や点や丸、そんな単純な記号を組み合わせただけにもかかわらず、一個一個独自の形を持っている文字たちが、私にはいとおしくてなりません。一つだけでぽつんと転がっているかぎり、ほとんど何の働きもできない彼らが、二つ三つと互いを引き寄せ合い手をつなぎ合ってゆくうち、文字の向こう側に潜む誰かの声がどこからともなく聞こえてくる。確かにそれは声なのに、決して喉《のど》から発することはできず、無音の中でいつも響いていて、だからこそ意味を伝えるなどというつまらない役目はやすやすと超越してしまう。孤立した欠片が集結して新たな形を生み出す。彼らもまた、ここの囲いや菜園の蝶の卵と同じように、世界を囲ってもう一つの世界を作っています。

私が小説を書き写すのは、決して作家を気取りたいからでも、才能のない自分を慰めたいからでもありません。文字と文字、欠片と欠片のつながりを一旦《いったん》解き、乱暴な誰かによってばらばらにされないよう、自らの手でしっかり結び直しているのです。たとえ小説は書けなくとも、何かしら小説のためになりたいと、いつも願っています。

今日も文字は見つかりそうにありません。小川の一番上流まで突き当たったら、今度は雑木林を抜け、貯水池のほとりまで行ってみましょう。風の吹き溜《だ》まりになっているせいか、あそこには時折、面白い形の小石が転がっているのです。

私は今まで一度も湖というものを目にした経験がないので、あなたの小説によく登場する湖にほのかな憧《あこが》れを持っています。海からも川からも見捨てられ、ぽっかり取り残されながら、自らの腕に抱えた水を守り続けている、地上に散らばる宝石。そんなイメージがあります。それにひきかえここは、非常用の備えにと人工的に掘られた池で、あなたが散歩なさる湖の風情にはとても及びません。形は素っ気なく、ゆっくり一周しても五分と掛からず、水はどんより濁っています。ただあなたが有名な観光名所より、ありふれた無名の湖を好んだ事実を考えれば、ここは間違いなく無名の池です。無名であろうと濁っていようと、それでも私の池はわずかばかりの水を守っています。死ぬまで決してその囲いから外へは出られない鮒《ふな》や鯉が、水中を泳いでいます。

　私は時計回りに一周、反対回りにもう一周歩きます。餌をくれるのかと勘違いした魚たちが寄ってきますが、私の手からは何も落ちてこないと察すると、いつしか濁りの中へ姿を消してゆきます。最初に拾った文字が〝て〟だったのには、何か意味があったのだろうか。足元をブーツの先でつつきながら、ふと私は考えます。確かあの時も冬の寒い日で、手袋をはめていたはずです。父が遺したのはほんのささやかなものばかりでしたが、その中から形見として自分がなぜ手袋を選んだのか、もはや思い出せません。理由などない、とっさの行為でした。しかし今となってみれば、あの時、少年だった私は賢い選択をしたと言えるでしょう。手袋をはめ、温もりを感じるたび、それがまるで父の手から伝わってくるかのような錯覚に浸ることができます。

　これまでに拾った文字は全部、紅茶の空き缶に入れて、机の一番下の引き出しに仕舞ってあります。万が一がらくたと間違われてゴミ箱に放り込まれてはいけないので、引き出しには鍵《かぎ》を掛けています。時々取り出して中を眺めていると、通りすがりの誰かに「それは何か」と尋ねられることがあります。「小石だ」と、私は素っ気なくつぶやきます。邪魔はされたくありません。聞こえたのか聞こえていないのか、皆「ふうん」と鼻を鳴らすだけで、私が見つけた偶然になど見向きもしないまま去ってゆきます。

缶を振ると、小さな音がします。途切れ途切れで頼りなく、素朴で、心細い音です。きっとまだ、全部の文字が揃っていないせいでしょう。言葉にしようとしても、いまだ無音のままでいるしかない空洞が、薄暗い缶の中で震えているのです。

「こんなふうに包まれたプレゼントを、一度でいいからもらってみたいものだわね」

私の梱包を褒めてくれたのはたった一人、出前のコーヒーを間違えて運んできた、喫茶店の店主だけでした。

「たぶん、廊下を左に折れた先の、守衛室だと思いますよ」

「あらまあ、失礼」

ポットのコーヒーが冷めるのも気にせず、ついさっき梱包し終えたばかりの作業台の荷物を、彼女は興味深げに眺めていました。

とあるギャラリーへ返却する写真集とフィルムだったと思います。あるいはポスターか図録のゲラか、いずれにしてもことさら変わった荷物ではなかったはずです。

「一目見ただけで、心がこもっているって分かるもの」

彼女は言いました。まるでそれが、生まれたての赤ん坊のために用意されたクリスマスプレゼントか、あるいは愛する人へのプロポーズの証《あかし》であるかのような表情を浮かべて。
以来、一週間か十日に一度くらい、仕事の帰りに会社のそばにある彼女の喫茶店でお茶を飲むようになりました。カウンターとテーブルが二つだけの、こぢんまりとして感じのいい店です。甘めに味付けしたスクランブルエッグのサンドイッチが人気のメニューでした。彼女は毎日黒いブラウスに黒いフレアースカート、黒いタイツ姿で、ウエーブのかかったボリュームのある髪を一つに束ね、目元を際立たせる化粧をしていました。私より十ほど年上だったでしょうか。

　店は常連客で繁盛していましたから、私はできるだけ彼らの邪魔にならない席を選び、紅茶を一杯頼むと、あとはほとんど黙ったきり一人でそれを啜《すす》っていました。彼女が気を遣って話し掛けてくれることもありましたが、つい、どうかこちらにはお構いなく、という態度を示してしまうので、感じの悪い客だと誤解されていたかもしれません。しかし私はカウンターに腰掛け、コーヒーを淹《い》れたり紙ナプキンを畳んだりパンの耳を切り落としたりしている彼女の手つきを眺めているだけで、十分満足でした。その働きぶりを見れば、彼女がコーヒー豆や紙ナプキンや食パンをどれほど丁寧に扱っているかよく分かりました。気がつくと、「僕が荷物を梱包するのと同じだ」と、思わずつぶやいていました。こういう人が自分の仕事を褒めてくれたのだとしたら、間違いはない。訳もなく自信が込み上げてきて、自分でも恥ずかしくなるくらいでした。

　一度、彼女に頼まれ、常連客に贈る開店記念の粗品の包装を手伝ったことがあります。

店の定休日、キッチンの奥のスペースに粗品（確か爪切りでした）や、包装紙やリボンを広げ、二人で手分けして作業をしました。ハサミを取ろうと手をのばしただけで体が触れ合ってしまうほどの狭い部屋は、普段の地下室とは勝手が違いすぎ、ただもう目の前の作業に神経を集中させる以外、他に心を落ち着かせる方法はありませんでした。

彼女は店で接客している時と変わらない朗らかな雰囲気で、私が黙っている分、代わりにいろいろと話してくれました。常連客たちの家庭事情や、店をやってゆく苦労や、出版社の社員の噂話や、故郷の思い出などです。当たり障りのない話題ばかりでしたが、それでもほんのわずかな言葉の端々に隠されている情報を、私は聞き漏らしませんでした。彼女にはクリスマスプレゼントを贈る子どもも、プロポーズしたい相手もいないらしいと察しがつきました。

五十七個の爪切りは、綺麗《きれい》に包装されました。角には優しい丸みがあり、手に触れたおかげで包装紙には温かみが生まれ、リボンは思わず解いてみたくて仕方のない可愛らしさで結ばれています。これを店主から手渡されたら、誰だってにっこり微笑むことでしょう。

「あなたにお願いしてよかった」

彼女は何度もお礼を言って、それでも足りないと思ったのか、スクランブルエッグのサンドイッチをご馳走《ちそう》してくれました。

もし彼女にプレゼントを贈るとしたら……。卵がはみ出さないよう慎重にパンを口に運びながら、私は考えました。肝心のプレゼントについては何のイメージもわかないのに、それを包装している自分の姿はありありと胸に浮かんできます。中身が何であろうと私にできるのは、ただ包みで小さな囲いをこしらえ、彼女に差し出すことだけです。それは中身など見なくても、囲いの中には自分のためだけの特別な世界があると、彼女に感じさせる贈り物です。

しかしとうとう、彼女にプレゼントを贈る機会は訪れませんでした。私が病を得てここへやって来たのは、二人で粗品を包んでからほどなくのことでした。

貯水池を二周し終えたら、今度は雑木林のはずれにある洞窟《どうくつ》へ寄りましょう。唐松の根に岩が砕かれてできた、崖《がけ》の窪《くぼ》みに過ぎないそこを、私は自分専用の洞窟と言い習わしています。一人背中を丸め、腰を下ろすだけで一杯になる広さしかありませんが、ひんやりした暗闇に全身を覆われると、光に縁取られた外の風景が小さく縮んで、思いがけず遠い場所までやって来たような気分になれます。ゴツゴツした岩の間に座った途端、林に響く音がすうっと遠のいてゆきます。日当たりのいいベンチに座るより、ここの方がずっと休まります。

「手紙を書くわ」

と、別れ際に彼女は言いました。

「僕も……」

私は答えました。それが精一杯でした。

吹き込んだ雨水が蒸発しきらないからでしょうか、中の岩はいつも濡れて、闇をいっそう濃くしているようです。手袋を濡らさないよう両手を膝《ひざ》の上で組み、目を半分閉じます。一度、ついうとうとしてしまい、日が沈んだのにも気づかず、捜しに来た職員に起こされたことがありました。自分専用の洞窟のはずなのになぜ見つかったのか、不思議でなりませんでした。

ここで一個、文字を見つけたこともあります。何かの拍子に岩肌から剝《は》がれ落ちたらしい小石で、やはり濡れていました。セーターの袖《そで》口でいくら拭《ぬぐ》っても、小石の奥まで染み込んだ水は拭いきれませんでした。

あなたの小説に出てくるもののなかで、湖の他にもう一つ憧れているのは、失業者のための筆記室です。封筒の宛名書きや論文の清書、履歴書の作成など、失業者が書き仕事をして日給をもらうための部屋……。何て魅惑的な場所でしょうか。筆記室が登場するくだりのページをめくるたび、散歩の途中で美しく名もない湖に出合うのと同じくらい、胸が高鳴ります。

ここは、私の筆記室だ。私はあなたの小説を清書するための筆記係なのだ。洞窟に身を潜めるたび、そんな想像を巡らせます。私はあなたが望む以上の働きをするでしょう。油断すれば紙くずと間違われてもおかしくない小さな紙に、読まれるのを恥ずかしがるような小さな字で書かれたあなたの物語を、私ならばきっと正しく清書できるはずです。一人でこなす手仕事には慣れていますし、囲いの中の囲いである洞窟には、筆記室と同じ沈黙が満ちています。そして何より私は、散歩同盟の会員なのです。

　彼女からの手紙は届きません。きっと自分が口にした言葉を忘れてしまったのでしょう。いっそのこと彼女が死者になってくれたら、心の中でいくらでもお喋りを楽しめるのにと、不謹慎な思いにとらわれて自分でも慌てることがあります。

　私から彼女へ出す手紙の文面はもう考えてあります。けれど、小石がなかなか揃いません。いつになったらすべての小石を見つけられ、彼女に言葉を届けられるのか、見当もつきません。紅茶の缶の中にあるのは、置き去りにされてはぐれた、言葉の欠片ばかりです。

　いつの間にか光の色が移り変わり、もう日暮れがすぐそこまで近づいているようです。そろそろ点呼の時間です。部屋へ戻りましょう。薬の時間に遅れて、散歩の許可が下りなくなるといけません。いや、もしそうなったら、一日あなたの小説を読んでいればいいのです。そうすれば散歩をしているのと何の変わりもありません。

　今日も小石は見つかりませんでした。名残惜しいですが、散歩は終わりです。

　では、さようなら。

Robert Otto Walser

ローベルト・ヴァルザー（1878-1956）

スイスのビール生まれ。弁護士事務所の事務員、発明家の助手、銀行の見習い、ダムブラウ城の召使など、職を転々としながら散文小品や小説を発表。生涯、散歩を愛し、散歩者の視点で世界を見つめ続けた。作家としての晩年、掌大に切り揃えた紙に、鉛筆で、読み取れないほどの微小文字で執筆した。50歳で精神療養施設に入所。クリスマスの朝、散歩中に雪の上で倒れ、死亡しているところを発見される。

The Snail's Wedding
In the memory of Patricia Highsmith

第三話

カタツムリの結婚式

八つか九つくらいの頃だったと思う。同志を見つけ出すことに、私の心は奪われていた。偉大な何ものかが立案した計画の実行者に密《ひそ》かに選ばれ、本人にも分からない任務を与えられながら、お互いをどうやって認め合ったらいいのか見当もつかず、秘密を守る重みに一人耐えている同志たち……。とにかく頭の中は、孤島と航海と難破と密告で常に一杯だった。

同志の存在に最初に気づかせてくれたのはオーケストラだった。演奏される音楽は別に、交響曲、歌謡曲、レクイエム、国歌、何でも構わなかった。私を惹《ひ》きつけたのはただ、指揮者を中心に扇形に集合した数十人が、各々楽器を手にして同じ一つの曲を奏でるという、オーケストラの様式そのものだった。

父は、週末の夜にテレビで放送される、クラシック演奏会の中継番組をよく観ていた。観るといってもその時分にはたいてい酔っ払っていたから、ソファーにだらしなく寝そべり、半分眠っているも同然だった。それでも音楽が急に盛り上がったり、反対に第一楽章が終わって一瞬の静けさが訪れたりするタイミングでパッと目を開き、「バッハがいてくれるだけで俺の人生は安心だ」「めそめそする奴は嫌いだが、シューマンは例外だ」などと、訳の分からない独り言をつぶやいた。

　父は死ぬまでコンサートに足を運ぶこともなければ、音楽雑誌を購読することもなく、ステレオどころかカセットデッキさえ持っていなかった。自分の楽しみのためにお金を使うのは罪悪だ、と思い込んでいる人だった。もし、今世紀最高と謳《うた》われるコンサートのチケットを手に入れたとしても、たとえそれがバッハであったとしても、演奏の間中、その代金で子どもたち二人のためにしてやれるあれこれが胸に浮かんできて、とても幸福を味わうどころではないだろう。ビールを飲み、うつらうつらしながら誰に遠慮することもなく、テレビから流れてくる音楽に耳を傾ける。父にはそれで十分だったのだ、と思う。

　だから私が初めてオーケストラというものを目にしたのも、テレビの画面上だった。指揮者が気の毒なくらいの年寄りであったこと以外、曲目も楽団の名前も覚えてはいないのだが、ふと気づくと私の目は、その画面に吸い寄せられていた。ちょうどクライマックスに達していたらしく、すべての楽器が最大限の音を鳴らしていた。勢い余った弓は弦の上で弾み、太鼓は力一杯打ちのめされ、管楽器奏者のこめかみには血管が浮かんでいる。指揮者の頭髪はもつれ、楽譜をめくる手つきは荒々しく、顎《あご》の先からは汗がしたたり落ちている。あまりにも激しく振られ、ほとんど残像にしか見えない指揮棒が、それでも先頭に立って曲を引っ張ってゆく。

画面が切り替わり、さまざまな楽器たちが映し出されるたび、少しずつ私はテレビにすり寄っていった。演奏者たちはお揃いの黒っぽい服装をしていたが、楽器の種類が異なるのと同じように実にバラエティに富んだタイプの人々で構成されていた。性別も年齢も、体形もヘアスタイルも、瞳《ひとみ》と肌と髪の色もばらばらだった。もちろん楽器たちが個性的なのは間違いなかった。トランペットの輝き、オーボエの精密さ、ホルンの曲線、ピッコロのつつましさ。何もかもが好ましく、美しかった。あるものは両手足の中に抱きとめられ、あるものは大きすぎる胴体を持て余し、またあるものは鎖骨のくぼみにすっぽりと収まっていた。

にもかかわらず彼らは、一本の指揮棒の先端で視線が交わるよう、同じ方向を向き、お互い触れ合うほど近くに寄り添い、一塊になって同じ曲を演奏している。異なる音色とメロディーを奏でながら、各々を調和させ、あらかじめ楽譜に定められたとおりの模様を宙に描き出している。誰一人、好き勝手をする者はいない。彼らは皆自分たちが今どこにいて、どこへ向かおうとしているのか、自分たちの前方で空気がどんな形に振動しているのか、全部を承知している。いよいよ指揮者の動きは激しくなる。彼には一片の疑念もない。目の前にいる者たちが一人残らず、自分の分担を正しくこなしていると信じきっているからこそ、残り少ない白髪が額にこびりついてもお構いなしに、あんな陶然とした表情で棒を振り回しているのだ。

しかし、私は気づいてしまった。この中に一人、私と同じ種類の人間、同志が紛れ込んでいる、と。

私たちは同じ島の出身だ。そこは世界のどの地点からも遠く離れた孤島で、光の加減によって目まぐるしく色を変える海面から、緑に覆われた台地が気高い輪郭をのぞかせている。目にした人は誰でも、神様がつけた何か大事な印に違いないと思う、そういう島だ。私もその人も、遠すぎる世界を目指して島を出航したものの、航海の途中で嵐に遭い、舟が難破して本来の目的地ではない地点に流れ着いてしまった。あなたはオーケストラ、私はこの家、という間違った場所に。

しかし、間違っていると思っているのは本人だけで、本当はそここそ、同志たちが任務を果たさなければならない、あらかじめ定められた場所なのだ。どんなに居心地が悪かろうとも、どんな迫害を受けようとも。

難破の恐怖を克服してあなたは、定められた場所の和を乱さないようどうにか頑張っている。最初から演奏などしていないのに、もっともらしい振りを続けている。誤って突拍子もない音を発し、テレビに中継されるほどのコンサートを台無しにしてしまうのではないか。内心びくびくしている。あるいはもっと恐怖なのは、音を出していないことを隣の人に気づかれ、「この人ズルです」と指揮者に密告されることだ。オーケストラの人たちは皆耳がいい。そうなったらどんな糾弾が待っているか……。航海の疲れを癒やす間もなく、胸に渦巻く心配の種を押し留《とど》めながら、表情だけは平静を保っている。

一番ごまかしやすい楽器は何だろう。私は身を乗り出し、いっそう画面に集中した。やはりバイオリンは危険が大きすぎる。何といっても花形だし、弓の動きが大胆すぎて、一人だけずれていたらすぐに目立ってしまう。シンバルやティンパニなど、出番は少ないが一人だけの楽器は問題外として、ならばクラリネットはどうだろうか。たいていはうつむいているし、指の動きにも派手さはない。いや、音がもっと低い方が安全かもしれない。チューバは？　大きいわりには片隅に追いやられていて存在感は薄く、どんな音階を奏でているのか耳に届いてもこない。

私はテレビに映し出される一人一人に目を凝らした。瞬《まばた》きの激しい人、唇のひび割れた人、蝶《ちょう》ネクタイの曲がった人。怪しい人はいたが、すぐに画面が移り変わるので、決定的な証拠はなかなかつかめなかった。大丈夫よ。恐がらないで。私にだけは安心して合図を送ってくれていいの。ちょっとした目配せだけでもきっと、すぐに通じ合えると思うわ。同じ故郷を持つ仲間を励まし、お互いの孤独を慰めるような気持ちで私は、オーケストラに紛れ込んだ誰かに向かって語りかけた。

「ちゃんとベッドで寝て下さい。テレビ、消しますよ。もったいない」

内職の手を休めずに母が言った。母はクラシック音楽には何の興味も持っていなかった。夜の時間、母にとって大切なのは近所の人から頼まれたセーターやチョッキを編むことだった。どんなに複雑なデザインでも、誰より速く正確に仕上げると評判の編み手で、それを誇りにしていた。母の編み棒は休むことを知らず、指定された記号のとおりに毛糸を操り続けた。まるで指揮棒と同じだった。

「いや、いや、いや」

慌てて父は身を起こし、ソファーに座り直した。

「これからがいいところなんだ。無事に終わると思わせておいて、すぐに変イ長調が否定するところが……」

父はまたむにゃむにゃと誰にも通じない何かをつぶやき、母は「風邪をひいても知りませんよ」と、いつもの台詞《せりふ》を繰り返した。聞き分けのいい弟はもうとっくにベッドに入っていた。

誰一人、私がオーケストラに発見した重大事になど気づいてはいなかった。だからこそ余計、自分だけの秘密にうっとりのめり込むことができた。早くしないと音楽が終わってしまう。孤島から航海に出発した勇者。与えられた場所で懸命に身を潜めている賢人。同志を見つけるため、わずかな兆候も見逃さないよう私は更なる探索を続けた。


当時、我が家の最大の娯楽は国際空港へ遊びに行くことだった。飛行機で旅行するのではなく、乗るのは空港までのリムジンバスだけで、あとは展望デッキや土産物屋やレストランをうろうろして一日過ごすのだった。弟が大の飛行機マニア、というのが一番の理由なのだが、たぶん遊園地などよりずっと安上がりに済む点も、我が家の事情に合っていたのだろう。

「イベリア航空、ユナイテッド航空、エールフランス……」

弟は展望デッキの手すりの土台によじ登り、駐機場の飛行機を指差しては、上手《うま》く回らない口で航空会社の名前を挙げていった。ボーイング767、737だとか、エアバスA320などと型の番号を言うこともあった。

「この子、天才よ」

母は弟を褒め称《たた》えた。

「まだ満足に自分の名前も言えないし、字だって読めないのよ」

従って弟が、長々とした会社名、例えばキャセイパシフィックやロイヤル・エア・モロッコを舌足らずのいかにも可愛らしい発音で口にすると、母の喜びは尚《なお》高まった。

「ねえ、どうして分かるの？　ママに教えてちょうだい」

こんな特別な子どもを自分が産んだなんてとても信じられない、という目で母は弟の横顔を見つめた。母の興奮をよそに、弟は手すりに顔を押し当て、目に映る飛行機を片っ端から料理していった。人々がほとんど注目しない、大きな飛行機の陰に隠れた貨物専用機の型番さえ見逃さなかった。その番号が本当に合っているのかどうか確かめる術《すべ》はなかったが、彼の宝物である、綴《と》じ糸が外れるほど繰り返しめくられた航空機図鑑を思い起こせば、この小さな天才が間違えるはずはないと確信できた。

私は弟の邪魔にならないよう、黙って風に吹かれ、父は弟が万が一にも手すりを乗り越えて転落しないよう、ズボンの後ろをつかんでいた。ターミナルの決められた番号に頭の先だけを隠した飛行機たちは、出番が来るのをじっと待っていた。胴体は日光を浴びてつるつると光り、翼は完全な左右対称のラインを描き、窓は横一直線にお行儀よく並んでいた。その向こうを、出発の時間が近づいた飛行機たちが、連なって滑走路に向かってゆくのが見えた。地上にいる彼らは大人しいのに、滑走路の先端にたどり着き、いざ離陸する時になると凄《すさ》まじい音を立てた。何ものも太刀打ちできない圧倒的なその威力を前に、弟は目を見開き、よだれを垂らし、感嘆の声を上げた。世界の巨大さを全身で受け止めているかのような声だった。

こんなの邪道だ。空の高みへと斜めに突き進んでゆく機体を眺めながら、私はつぶやいた。どこへ移動するにしても、飛行機を使うなんて安易すぎる。乱暴すぎる。私など舟だ。嵐で難破してしまうくらいに心もとない、小さな舟。しかも救出されるべき場所を、自分で選べないなんて……。

私は孤島のことを考えた。崖《がけ》に打ち寄せる波の白さや、森の上を旋回する海鳥の鳴き声や、世界を縁取る水平線を胸に思い浮かべた。エンジン音のおかげで私の声は誰にも届かなかった。

「エアバスA340、ボーイング747、エアバスA……」

「ママには全部同じ飛行機に見えるわ」

「音が違うよ」

「まあ、何てこと。形じゃなくて音で区別できるの？　一度だって飛行機に乗ったこともないっていうのに。そんな子が他のどこにいるかしら」

母は弟を抱き寄せ、頭を撫《な》でた。弟は決して飛行機に乗ってみたいとは言わなかった。一か月か二か月に一度の展望デッキで満足しきっていた。その健気《けなげ》さがまた母の自慢だった。

弟は正しい場所に居る。間違いなく、本来居るべき場所で救出されたのだ。

「さてと」

二人が満足した頃合いを見計らって、父は弟を手すりの土台から下ろした。展望デッキを後にする時、私たちは離陸する飛行機に向かって手を振った。

「さようなら、さようなら」

まるでどこか遠くへ旅立つ、二度と会えない大切な人を見送るような熱心さだった。弟は偉大な金属の塊に敬意を表し、母と父は息子の天才ぶりをかみしめ、そして私はあれに乗った人々が目指す場所へちゃんと着陸できればいいがと案じながら、四人手すりにもたれ、機影が雲の中に消えるまで手を振り続けた。

本当は学校に孤島の同志がいてくれたらよかったのに、と何度思ったか知れない。そうすればプールの時間に水着を忘れたり、机の奥に隠した給食のベーコンが悪臭を放ったり、三人一組になって踊るダンスで一人取り残されたりした時、すっとそばに来て、思いもつかない魔法のようなやり方で私を救出してくれるはずだ。もちろん逆の立場になれば、私も同じ働きをする。クラスや学年が違っても、一言も口をきいたことのない仲であっても問題はない。同志は生徒と決まりきっているわけではなく、事務員さん、購買部の小母《おば》さん、スクールバスの運転手さんという可能性だってあるだろう。いずれにしても同志であれば、必ずお互いにうなずき合える。用心深さのためにしんと静まり返った瞳の色と、髪に残る微《かす》かな海のにおいが目印だ。

しかし学校には、目指す相手は一人として見当たらない。もしかしたら、とわずかな希望を持っても、私の合図は行き場を失ってただあたりをさ迷っている。残念ながらテレビ画面に映るオーケストラの人は、私を助けに来てはくれない。

ある日、プロサッカーの試合中に観客がグラウンドに乱入する、というニュースが流れた時、なるほどスポーツにも同志が紛れ込んでいる可能性はあると気づいた。サッカーなら二十二人、ラグビーなら三十人の選手が広々とした場所に散らばっているのだから、一人くらい余分が交ざっていても大丈夫そうに思える。もちろんその人は正式なユニフォームを着ているし、運動能力も高い。見事なスピードで競技場を自在に駆け抜ける。

しかし決して主役に躍り出ることを許されない宿命を背負っている。その人の姿があるのは必ず、観客たちの視線を集めるボールの動きとは無関係な、試合の大勢《たいせい》に影響を与えない片隅なのだ。もし、「あれっ」と思う誰かがいて、「一人、二人……」と人数をかぞえはじめたとしても、そこにいるのにいない、という絶妙な存在感をまといつつ、観客の視界を素早くくぐり抜けてゆく。

そういう涙ぐましい努力によって自分の居場所を確保している彼らに比べ、ニュースになった男の振る舞いの何と下品なことか。あの男は単なる偽物に過ぎない。ユニフォームはそれらしいのを身につけていたが、いきなり観客席から飛び降りたかと思うと、試合の流れとは無関係に滅茶苦茶に走り回り、すぐさま警備員に取り押さえられた。しかもお腹はだぶだぶで、足はもつれ、羽交い締めにされると無様に顔から倒れ込んで選手たちから失笑を浴びた。

あんな図々しい者が同志であるはずもない。私たちは舟の難破を嘆いたり、救出の手違いに絶望して自棄《やけ》を起こしたりせず、あくまでも黙々として慎み深いのである。

空港で本物の同志を見つけたのは、春の初めの日曜日だった。その日もいつものごとく四人一緒に出発機を見送り、フードコートでホットドッグを食べた後、飛行機の模型を見るためショッピングモールの土産物店へ向かう弟たち三人と別れ、私は一人、出発ロビーをうろうろしていた。

展望デッキよりもお店よりも、私は国際線出発ロビーの方が好きだった。はるか頭上の天井を見上げ、そこから射してくる照明を浴びているだけで、遠くへ旅する人々の熱気が伝染してくるようだった。チェックインカウンターに預けられたスーツケースがコンベアーで運ばれ、壁の向こうへ消えたあとどんな扱いを受けているのか、あるいは、パスポートと航空券を持つ人のみが通り抜けられる、国際線出発口の先にどんな世界が広がっているのか、自分が決して足を踏み入れられない場所についてあれこれ想像を巡らせていれば、あっという間に時間は過ぎていった。

出発ロビーは広かった。カウンターと出発口の賑《にぎ》わいを外れると、思いがけず人影の少ないスペースが所々に隠れていた。例えば、銀行の両替窓口が連なる一角を抜け、観葉植物が植わっている円形の花壇を半周し、壁に沿って角を曲がった先。突き当たりには礼拝室、授乳室、と書かれた小部屋が二つ並んでいる。その扉の前を邪魔しない壁際に、彼は立っていた。

ベンチになった花壇の縁には、両替したばかりのお金を数える人がよく座っていたが、曲がり角の先に人がいるのを見かけたのは初めてだった。礼拝と授乳、二つの取り合わせがアンバランスなせいだろうか、ロビーのざわめきが反響しているにもかかわらず、小部屋の前にはいつも、ぽっかりとした空洞ができていた。

その人は一人ではなかった。彼を取り囲むようにして三人の男たちが立っていたが、自分にとって大事なのは真ん中にいるその人だけだとすぐに分かった。テレビのオーケストラで鍛錬を積んでいるおかげだった。私は怪しまれないよう、さり気ないふうを装って彼らに近づき、男たちの背後からそっと様子をうかがった。

まず目に入ったのは、その人が胸元で水平に掲げ持っている、新聞紙半分ほどの大きさのガラス板だった。三人の男たちは黙ったまま、顎に手をやり、背中を丸め、半身になってガラス板を凝視していた。彼らの視線の先を、カタツムリが這《は》っていた。

すぐにカタツムリだと理解できたわけではなかった。彼らが一体何をやっているのか見当もつかなかったし、何より空港にはしっくりこない生きものだったからだ。カタツムリは全部で六匹いた。親指の先ほどの、薄茶色の殻を持つ、どこにでもいるカタツムリだった。ガラスには何の印もないのに、水泳選手が決められたコースを泳ぐように、六匹は横一列になって真っ直ぐ前進していた。よく見ると殻に油性ペンで1から6まで番号が書かれているのが分かった。その黒々とした数字が半透明の殻に馴染《なじ》み、天井からの明かりを受けて一匹ずつ独自の模様を浮かび上がらせていた。

六匹が進む先、ガラスの端には砕いた卵の殻が置いてあった。そんなものがカタツムリの餌になるのか不思議だったが、寄り道せずに這う様子を見れば、六匹が卵の殻を求めているのは明らかだった。その人は息を殺し、ガラス板が傾かないよう腕に力を込めていた。相変わらず男たちは無言だった。その無言の中をカタツムリは、ガラスに粘液の跡を残しつつ、ゆったりとしていながらひたむきなスピードで前進し続けていた。

「ちぇっ」

やがて最初の一匹が卵の殻に到着した。三人は舌打ちし、何の挨拶《あいさつ》もないまま立ち去った。あとにはその人と私とカタツムリだけが残された。

「卵の殻なんて美味《おい》しいの？」

「大好物だ」

「背中の殻を補強しているのかも」

「その通り」

「同じ殻だもの」

「ああ。君は察しがいい」

その人に褒められて私は気分がよかった。その人はしょぼくれた少年のようでもあり、発育の不十分な老人のようでもあった。色白で、華奢《きゃしゃ》で、ガラス板一枚を支えるのにも一苦労という様子だった。シャツのボタンを首元まできちんと留め、だぶついたズボンの裾《すそ》を折り返し、セルロイドの縁の丸い眼鏡をかけていた。額は前方に突き出し、指先はふやけ、頬にはえくぼとも傷痕《きずあと》ともつかない窪《くぼ》みがあった。しかし何より目を引いたのは、頭に載せた偽の毛皮の帽子だった。カタツムリとお揃いにしたかったのだろうか。殻にそっくりの色と模様を持つ帽子だった。

「ほら、耳を澄まして」

その人は人差し指を唇に当て、カタツムリたちに片方の耳を寄せ、私にもそうするよう促した。

「聞こえる？」

自然と口元に笑みが浮かんでくるのを感じながら私はうなずいた。ゴールにたどり着いた六匹が、卵の殻を齧《かじ》る音が間違いなく耳に届いてきた。離陸する飛行機のエンジン音とは比べものにならない、小人が足で一歩一歩雪道を行進するような、ザクザクザク、という音だった。こんな小さなものでさえ音を発するのが、不思議でならなかった。

「食べてる、食べてる」

「うん」

私たちはうなずき合った。偽の毛皮の帽子が頬に触れてくすぐったかった。

眼鏡のレンズが分厚すぎて、目の表情はよく分からなかったが、睫毛《まつげ》の影が差す、深い瞳の色は透けて見えた。時折、何かの拍子にその影が震えた。視界に入るものを、どこまでも静かに吸い込むような瞳だった。

この目こそが同志の証拠だと、私は思った。どれほどオーケストラを凝視しても、学校中を注意深く観察しても返ってこなかった合図が、ようやく今、自分のもとに届いたのだった。

ガラス板の端に集合したカタツムリたちは各々自由な方向に触角を突き出し、胴体の下に抱え込んだ殻の破片を一心に齧り続けていた。相変わらずロビーには案内のアナウンスが響き渡っていたが、私たちの邪魔をすることはできなかった。カタツムリの口から発せられる音は、礼拝の声のように密やかで、赤ん坊の泣き声のように可愛らしかった。

「どうして空港でカタツムリを飼っているの？」

私は尋ねた。

「丸い花壇の中で見つけたんだ」

その人は曲がり角の向こうを指差した。

「どこから紛れ込んできたんだろう。葉っぱの裏側に一生懸命隠れてた」

この時私はまだ、彼がカタツムリに競走をさせ、飛行機の待ち時間で退屈している人々を楽しませているのだろうと思っていた。客にお金を賭《か》けさせていたのかもしれないと気づいたのは、長い時間が流れたあと、すっかり大人になってからのことだった。当時の私は、賭けの意味さえ知らないほんの小さな子どもに過ぎなかった。

「助けてあげたのね」

「出発ロビーの花壇じゃ、餌もないし、乾燥してるからすぐに死んでしまう」

「優しいのね」

「小さな生きものには親切にしなくちゃいけないと、死んだお祖母《ばあ》ちゃんがよく言ってた。小さければ小さいほど、大きな幸運が訪れるんだ」

「例えばどんな幸運？」

「そうだなあ……例えば、結婚式に招待してもらえるとか」

「カタツムリの結婚式？」

「ああ。ほら、その証拠に最初は二匹だけだったのに、子どもが生まれて今は六匹になってる」

「本当だ」

「さあ、そろそろ食事の時間は終わりだ。お腹を壊すといけない」

新しい見物人がやって来る気配はなかった。彼は1番から順にカタツムリをつまみ上げ、専用の容器にしまっていった。その手つきから、私が想像する以上にカタツムリの殻は壊れやすいのだと分かった。容器は丸ごとのキャベツをくり貫《ぬ》いて作られていた。ついさっき市場で買ってきたばかりといった感じの、瑞々《みずみず》しい香りのするキャベツだった。

六匹揃ってキャベツの内側に落ち着いた彼らは、ガラス板の上を這っている時より明らかにリラックスした雰囲気で、皆だらりと触角を下げ、殻から出した胴体を目一杯伸ばしたり、葉の隙間に頭を潜り込ませたりしていた。皆その容器を気に入っているのが伝わってきた。胴体の半透明の風合いと、キャベツの薄黄緑色がとてもマッチしていた。

「もうちょっと、見ていてもいい？」

私は尋ねた。

「構わないよ。どうぞ、好きなだけ」

と、同志は言った。


もはや展望デッキになど用はなくなった。空港に着くやいなや、「遠くへ行くんじゃありませんよ」という母の注意を背中で聞きながら、私は目指す場所へ急いだ。必ずその人は曲がり角の突き当たりにいた。ガラス板とキャベツの容器、必要最小限のそれらの荷物を入れる布の鞄《かばん》一つだけを足元に置き、シャツの胸ポケットを卵の殻で膨らませて、そこに立っていた。

レースの真っ最中のこともあれば、彼一人の時もあった。看板を出しているわけでも、声を上げて呼び込みをしているわけでもないのに、どこからともなく客たちは近寄ってきた。ただし人数はせいぜい、三人か四人がぽつり、ぽつりといった感じだった。そういう規則があらかじめ決められていたのだろうか。彼も客たちも無駄口をきかず、目配せだけでやり取りし合っていた。きっと彼らもカタツムリのザクザクいう音が聞きたいからに違いないと、私は勝手に納得していた。レースの決着は単純明快だった。先頭の一匹が卵の殻に到着した途端、あっという間に客たちは散り散りに去っていった。

遠くから彼を見た人はきっと、礼拝に備えて心を鎮めている信仰心篤い巡礼者か、孫がおっぱいを飲み終わるのを待つ、辛抱強い老人だと思うに違いない。彼の体はカタツムリの醸し出す空気に包まれ、ベールを被《かぶ》ったように影が他の人よりはかなげになっていた。

楽器を奏で、体を鍛えてグラウンドを走り回る同志たちと同じく、定められた救出場所で生き抜くため、彼がカタツムリを選んだのは賢明だった。カタツムリは大人しい。派手な飾りや鳴き声で自分をアピールしたり、周りの人をぎょっとさせたりすることを好まず、葉っぱを一枚見つければ、すぐその裏に身を隠そうとする。それどころか他の誰にも迷惑をかけないという信念を貫くため、生涯、自ら専用の小部屋を背負い続ける。けれど決して愚鈍ではない。皆が油断して目を離したすきに、触角を慎重に動かしながら、いつの間にか必要な地点まで移動している。証拠は透明な粘液だけだから、ぼんやりした者は、自分の見ていない間に彼らが何を為《な》したか気づきもしない。

こんなふうにして彼は空港に紛れ込んでいる。旅行客でも空港職員でも見物客でもない自分のための殻を、頭上に被っている。

テレビ画面のオーケストラに向かって私は、

「鳴らない楽器を演奏するのに疲れて淋《さび》しくなったら、あなたも空港へ行ってみるといい。目印は丸い花壇の奥にある曲がり角よ。そこに同志がいるから」

と話し掛けた。学校で嫌な目に遭った時は、

「ふん、平気よ。今度の日曜日、空港へ行くんだから」

と言って自分を励ました。

レースの間、私は彼に頼んでガラス板の下から見物させてもらった。体を丸めてそこにしゃがんでいると、普段は見えないカタツムリの裏側を目にできたし、思いがけず彼の両脚のすぐそばに近づくことができるからだった。

普段カタツムリたちが恥ずかしがって隠しているところを覗《のぞ》き見するのは楽しかった。単純な生きものと見せかけて、彼らがいかに繊細な能力を秘めているか、よく分かった。胴体はぬるぬるとした単なるジェリービーンズではなく、細分化された部位によって成り立つ精密機械だった。各々の部位が動力を生み出し、それを合理的に連動させて前進していた。口はハの字形で、ヤスリのように細かいギザギザがついていた。大きいのと小さいの、二組の触角は協力して危険を回避し、ゴールまでの距離を測っていた。砂粒ほどの穴、密集した瘤《こぶ》、フリル状のウエーブ、繊毛、管。小さな体にあらゆる形状が揃っていた。

飛行機に向かって叫ぶ弟のように、つい感嘆の声を上げそうになるのを私は懸命にこら

えた。それでいてカタツムリたちに向かって何と声を掛けたらいいのか、言葉は一つも浮かんでこなかった。どんな言葉も、手助けも必要としない完全な彼らは、ただ一筋にガラス板の上を這うだけだった。

彼の集中力のおかげで、ガラス板は常に水平を保っていた。その水平具合をチェックするメーターのように、頭のてっぺんに載った帽子も真っ直ぐなままだった。

「少しでも傾いて、六匹の間に不公平が生じたらいけない」

彼は1番から6番まですべてのカタツムリを平等に大事にしていた。掌《てのひら》はガラスの縁が食い込んで赤くなり、所々切り傷ができ、爪の間には粘液とキャベツと卵の殻の混じり合ったものが詰まって黒ずんでいた。

彼の脚はか細く、頼りなかった。出っ張った膝《ひざ》を隠すズボンは擦《す》り切れ、あちこち色あせ、裾の折り返しの中には埃《ほこり》が溜《た》まっていた。帽子と同じく、靴の革も偽物だった。それでも各々の地点を目指すカタツムリたちの土台となるべく、その両足で懸命に床を踏み締めていた。

彼が孤島を出航してから、ここへ流れ着くまでの行程の困難さを私は思った。カタツムリほども顧みられなかったにもかかわらず、誰を恨むでもなく、今は六匹の彼らを大事にしている寛大さに、尊敬の念を抱いた。

「ちぇっ」

おなじみの舌打ちが聞こえた。

「さあ、ゆっくりお休みなさい」

目の前にある脚を見つめながら、カタツムリの足音よりも小さな声で私は言った。

「少しくらいは油断したって、構わないの」

彼の脚を撫でていたわる代わりに、私は自分の両膝を抱えた。

「密告されたって大丈夫。ここに同志がいるんだから」

けれど彼は最後のカタツムリがちゃんとゴールするのを見届けるまで、決して気を抜かず、じっと動かないままでいた。


「カタツムリの結婚式って、どんなふう?」

私は尋ねた。

「ごく普通さ。花婿さんがいて、花嫁さんがいる」

キャベツの器を両腕で抱え、彼は答えた。

「ご馳走《ちそう》は出る?」

「ああ、もちろん。招待されたら、おめかしをして出席するんだ」

私たちは並んで壁にもたれ、次の客が来るのを待っていた。礼拝室と授乳室の扉はずっと閉じられたままだった。

「お土産ももらったよ」

「何を?」

「この、カタツムリ帽」

眼鏡のレンズの奥で、彼は視線を自分の頭上に向けた。

「やっぱりね。そうじゃないかと思ってた」

それはいつものごとく、髪の生え際と両耳の上あたりにすっぽりと被さっていた。ふと、帽子に触れてみたい気がしたが、カタツムリの殻が脆《もろ》く壊れやすいのを思い出し、伸ばしかけた手を引っ込めた。

キャベツの内側を、六匹は自由に這い回っていた。ついさっきレースが終わったばかりなのに、早くも卵の殻と同じ白い色のフンを、そこかしこに落としていた。くり貫いたナイフの跡のギザギザが残る器は、粘液に覆われ、艶《つや》やかに光って見えた。キャベツと粘液が混じり合ったにおいは、どことなく海の香りに似ているようだった。

天井で反響するアナウンスは、私の知らない場所の名をいくつも告げていた。私たちがもたれ掛かっている壁の向こう側を、数えきれない足音が通り過ぎていた。弟は今頃まだ展望デッキで、飛行機に正しい名前を授け、それらを一機ずつ正しい場所へと誘導しているはずだった。

「あっ」

私は器を指差した。2番と5番だったか、3番と6番だったか、とにかく二匹のカタツムリが向かい合い、胴体を絡ませていた。八本の触角はどれがどちらのか区別がつかなくなるほどばらばらな方向に曲がりくねり、頭部の輪郭は粘膜が接着剤のようになって溶け合い、前進もせず、引き下がりもせず、黙々と一つになっていた。

「交尾だ」

彼は言った。

「こうび、って何?」

「結婚式だよ」

そう言って彼は器を胸元に抱き寄せた。

私たちは一緒に器をのぞき込み、神聖な儀式が誰にも邪魔されないよう、息を潜めて見守った。今、空港を何万の人々が行き交っていようが、二匹のカタツムリを祝福しているのは私と同志、ただ二人きりだった。

自分は任務を果たしているのだ。これが私に与えられた任務なのだ。

この時私は、自分が特別に選ばれた勇者でも賢人でもないことにはまだ気づいていなかったが、任務についてだけは、はっきりと確信することができた。あともう少しで、九つか十になる私だった。

Patricia Highsmith

パトリシア・ハイスミス（1921-1995）

アメリカ、テキサス州のフォートワース生まれ。作家。代表作は『見知らぬ乗客』『太陽がいっぱい』『殺意の迷宮』『アメリカの友人』、クレア・モーガン名義で発表した『The Price of Salt』など。動物が好きで、特にカタツムリを偏愛し、自宅の庭で繁殖させ、ついには300匹にも達した。

フランスに引越すときは、生きたカタツムリの持ち込みが禁止されていたため、6匹から10匹のカタツムリを左右の乳房の下に隠して何度も国境を往復した。

Temporary Work as Experiment Assistants
Inspired by Stanley Milgram's "the lost-letter technique"

第　四　話

臨時実験補助員

劇場まで、少しでも近道になるかと思い、中央公園を横切るポプラ並木の遊歩道を歩いている時、あなたが向こうからやってくる。一日中照っていた太陽がようやく翳《かげ》りはじめ、影の色が移り変わろうとする夕方で、あたりは休日のざわめきにあふれている。あなたは目一杯膨らんで型崩れした大きな紙袋を両手に提げ、その扱いに難渋しながら、一歩ずつ近づいてくる。初夏の日差しには不釣合いな、苔《こけ》色をしたツイード生地のワンピースを着ている。

咄嗟《とっさ》に私は、42マイナス19の答えを出そうとする。そうしたいと意識する間もなく、勝手に頭が巡っている。しかし少しずつ大きくなる足音に呼吸が早まり、胸がざわつき、小学生でもできるはずの引き算になぜか混乱してしまう。何度やり直しても、見当違いの数字しか浮かんでこない。

「23」

ようやく答えを導き出した瞬間、それを待っていたかのようにあなたは顔を上げ、こちらに視線を向ける。瞳《ひとみ》に反射する光の色で、その答えが間違っていないのだと分かる。あなたは両手の紙袋を地面に下ろし、笑みを浮かべて会釈する。長すぎる真珠の首飾りが、垂れた胸の下で、だらんと揺らめく。

二十三年前の夏、私とあなたは最強の二人組だった。当時、心理学研究室が募集した十数人の臨時実験補助員の内、私たちほど正確に教授の意図を理解し、アルバイト料以上の働きをした者はいなかった。募集広告の文言［どなたにでもできる簡易な作業です］に釣られて応募したものの、案外面倒な労力がいることに嫌気が差し、適当に手を抜く補助員たちが少なからずいた中で、私たちは誠実さを貫いた。馬鹿正直な人たちだと陰で噂されても気にしなかった。

実際、言葉で説明してしまえば単純だった。二人一組になり、きちんと切手が貼られ宛先も記された大量の手紙を、担当地区のあちこちにこっそり置いてゆく。あたかも誰かがポストに投入する前、うっかり落としてしまった、とでもいうような気配を漂わせつつ、同じ人が複数の手紙を拾って不審に思わないよう、一通一通十分な間隔を空けながら。ただそれだけの仕事だった。

「はい、こちらと、あなた。あなたと、こちら」

大学の会議室で大学院生が気の向くまま、次々と二人組を作っていった。彼が私とあなたの腕をつかんで引き寄せたのは、全くの偶然だった。十九の小娘からすれば、あなたはすっかり成熟した大人に見えた。同じ年頃の学生と気楽にやりたいと思っていた私は、多少がっかりしたのだが、あなたは相手がどんな人物かにはあまり関心がないようだった。そんなことより今はこっちの方が重要、とでもいう雰囲気で、手渡された説明書を一生懸命に読んでいた。

封筒にはさまざまな宛名がタイプされていた。特定の政党を支持する政治団体もあれば、人種差別を謳《うた》う秘密結社もある。コーラスや染色や社交ダンスの無害な趣味の集まりがあるかと思えば、野菜の原種、絶滅動物、歴史的建造物、伝統工芸……あらゆる何かを守る会、ギリシャ神話、税制、食品添加物、橋梁《きょうりょう》保全等々の研究会もある。出張所、機関、協会、委員会、事務局。挙げていけばきりがない。もちろん中には、当たり障りのないごく平凡な一個人の名前も含まれていた。ただし宛先の住所はすべて同じ、実験室が借りた私書箱になっていた。

ありふれた白い封筒の手触りを、今でもよく覚えている。ほんのわずかざらりとして、日を浴びるとすぐに生温かくなり、糊《のり》のはみ出した折り返し口が波打っていた。あなたの手の中で白色が日光に反射し、まぶしいほどだった。

私書箱に何通の手紙が戻ってくるか数えているらしいという以外、研究の詳しい内容については知らされておらず、手紙をばらまくこの行為が、心理学上どんな発展に寄与できるのか、補助員たちは何も分かっていなかった。けれど私とあなた、二人が担当した地区で得られたデータは、きっと論文の貴重な骨格になったはずだと、私には分かる。なぜならあなたは、この世に存在しない宛名を記された偽の手紙を、どこかの隙間に滑り込ませるだけで、行き場を求めてうろたえる、本物の孤独な手紙に変身させることができたのだから。

私たちはお互い、どうやって驚いたらいいのかよく分からず、言葉が浮かんでこないまましばらく立ちすくんでいる。照れくさいような、切ないような気持ちを持て余し、もじもじしている。巣に帰る鳥たちの群れが頭上を飛び交い、木立をざわめかせている。やがてあなたの方がこらえきれなくなり、こちらに手を伸ばし、肩と腕を撫《な》で、ためらいがちに指先を握ってくる。思いがけず冷たい感触が走る。

「この近くに、お住まいですか？」

私は尋ねる。

「ええ。もう、すぐそこのアパートに……」

あなたはあいまいな方向を指差す。

「今でもお菓子を？」

「ええ」

あなたはうつむく。

引き算の答えよりもっとたくさんの時間が過ぎてしまったことを、思い知らされる。無造作に肩まで伸びた白髪は艶《つや》がなく、腕時計のバンドは浮腫《むく》んだ手首に食い込み、前歯は黄ばんでいる。震えがちの声は、周囲のざわめきに紛れて時折聞き取り辛《づら》くなる。風が吹いて、ポプラの枝を揺らす。並木をすり抜ける西日が、横顔を照らしている。

「アパートの台所は狭いでしょう。ですから今はほら、こうして道具を抱えて、生徒さんの家まで出張しているの」

あなたは足元の紙袋を靴の先でつつく。袋からのぞくステンレスのボウルと泡立て器がぶつかって、カチカチッと微《かす》かな音を立てる。紛れもなく、あなたが昔住んでいた、あの素晴らしい家の台所にあった道具だと気づく。それらは当時と変わらず、一点の曇りもない厳密さで、見事に磨き上げられている。ボウルの縁の刻印。あなたの手の形の通りに変形した、泡立て器の持ち手。そうした特徴を私が見誤るはずもない。

ようやく私は、あなたがエレガントなお菓子作りの先生だった頃の証拠を発見し、一つ息を吐き出す。

「頼まれれば、どこへでも参上します。バスに乗って。路線図の中で、降りたことのない停留所なんて一つもないくらい」

あなたは視線を上げ、微笑む。散歩する人々が、振り向きもせず私たちを追い越してゆく。

新聞記事になるほどの暑い夏だった。私たちは朝、研究室でその日一日分の手紙を受け取ると、すぐさま街へ出て仕事に取り掛かった。相談したわけでもないのに、お互いよく似た麦藁《むぎわら》帽子を被《かぶ》り、白いコットンのワンピースを着て、裾《すそ》をなびかせながらあらゆる通りをくまなく歩き回った。

同じ人物に拾われる危険のない十分な間隔を空ける、宛先を裏返しにしない、濡《ぬ》れたり汚れたりする場所は避ける。注意事項はそれくらいなもので、あとは補助員の才覚に任されていた。最も大事なのは、手紙をごく自然な落とし物に見せかけることだった。

最初のうち、あなたがなかなか手紙を置こうとしないので、正直イライラした。

「適当に、その辺でいいんじゃないですか」

私が街路樹の根元あたりを指して言うと、あなたはとんでもないという表情を浮かべ、本気になって抗議した。

「こんな明らかな場所では、わざとらしいじゃありませんか」

目立ちすぎてもよくないが、誰にも発見されなければ意味がない。この微妙な按配《あんばい》を見定める能力に、あなたは長《た》けていた。〝手紙実験〟専門の補助員として、これからの人生もずっとやっていくべきではないかと思うほどだった。ぼんやりした人ならたやすく見過ごしてしまう、しかし確かにそこにあって、ふと、としか言いようのない瞬間に視界に忍び込んでくる隙間、窪《くぼ》み、物陰、空洞、亀裂をあなたは目ざとく見つけ出した。

「ほら」

あなたが立ち止まり、目を凝らし、指をさせば必ず、その先には手紙に相応《ふさわ》しい空間が隠れていた。

私たちは大通りを一ブロック進み、東側の脇道に入って小さな通りをチェックしたあと、西側に移って再び大通りに戻る、というパターンを編み出した。直射日光が当たってどんなに暑くても、柄の悪そうな男たちがたむろしていても、その規則を忠実に守った。時にあなたがここ、と見定めた場合は、建物の中にも入っていった。途中、あなたにばかり負担を掛けているのが心苦しくなり、「あのう、ここなんてどうでしょう」と、自分なりに見つけた箇所を提案してみたりしたが、安易すぎる、ゴミに間違われる、面白味に欠ける、等の理由であっさり却下された。もはや余計な口出しは無用だった。私はできるだけ邪魔にならないよう、手紙の入った袋を持ってあなたのやや後ろに付き従い、場所が定まるたび速やかに一通を取り出して手渡した。

アイスクリームスタンドのそばの剝《は》がれた敷石の下。大きくなりすぎたミモザの根で傾いた塀と地面の間。図書館の閲覧室の一番奥まった机の隅。薬局のカウンターに置かれたキャラクター人形のスカートの中。歯科医院の待合室のベンチ裏。路上駐車された車のワイパーの先端。

まるで名残を惜しむかのようにあなたは手紙を置いた。もしかすると、実験の種類によっては、私書箱へ戻ってこない方がいいと思われている手紙もあったのかもしれない。けれどあなたは宛名によって手紙を差別したりせず、すべてを平等に扱った。

「心細いでしょうけど、少しの間、辛抱してね」

薄暗がりに手紙を置くあなたの指先を見ていると、そんな声が聞こえてきそうな気がした。

あなたはボランティアでお菓子作りを教える、赤ん坊を産んでまだ半年にもならない主婦だった。結婚十四年めで初めて妊娠したのだと、自分でもいまだに信じられないという口振りで語った。お化粧やアクセサリーの感じから、いかにもきちんとした暮らしぶりがうかがわれ、わざわざ暑い中、しかも赤ん坊を置いて、こんなアルバイトをする必要などないように見えた。

「赤ちゃんは大丈夫なんですか?」

「姑《しゅうとめ》が面倒を見ているから」

あなたは答えた。

「高齢出産だったから気が気じゃなかったんでしょうね。田舎から出てきて、もうかれこれ二か月近く家に泊まっているの。昼間ずっと一緒にいると、気詰まりで……」

そういうものかと私は納得した。

「補助員に選ばれたおかげで、堂々と外出できる口実ができて、ほっとしているの」

ただ問題は母乳だった。母乳についての知識など何もない私は、授乳の時以外でも、ちょっとした拍子にそれが漏れ出してくるものだということを知らなかった。初めてあなたのワンピースの胸元に二つ、丸い染みが広がっているのを見つけた時は、暑さの中歩きすぎたせいで具合が悪くなったのではないかと心配したほどだった。

胸が張ってくると、私たちは仕事を中断し、できるだけ寂れた公衆トイレを探した。あなたが手洗い場でワンピースの前をはだけ、ブラジャーの中から引っ張り出した乳房を絞って母乳を捨てている間、私はトイレの入口に立って人が寄ってこないよう見張っていた。母乳は私が想像するよりずっと勢いよく噴出した。乳首の先端、ほんの小さな点から、手洗い場のタイルを目掛け、乳白色の細い筋が見事な一直線の軌跡を描き出した。タイルに跳ね返った飛沫《しぶき》が床にまで散り、あなたのサンダルを汚していた。

じろじろ見ては失礼だと思いながら、どうしてもあなたから目が離せなかった。手洗い場の縁に腰骨を押し当て、心持ち前かがみになったあなたの背中を、ひんやりとした暗がりが覆っていた。ワンピースのボタンはおへそのあたりまで外され、スリップとブラジャーの紐《ひも》は無造作にずり落ち、すべすべした鎖骨が露《あら》わになっていた。はからずもだらしない恰好《かっこう》になっているにもかかわらず、体のラインは上品なバランスを保ち、仕草は優美でさえあった。

しかし何より特別なのは乳房だった。下着のレースからはみ出したそれは、怯《おび》えたように震えて見えた。ピンと張り詰めた肌から透ける青黒い血管の色が、乳房の白さを余計に際立たせていた。公衆トイレの闇の中、たっぷりとして大胆なその白色にだけ光が当たっているかのようだった。あなたの指はどこまでも深く埋もれていった。乳房は指が命じるままに変形しながら、あなたが刻むリズムに合わせ、ただひたすら母乳を噴出し続けていた。

邪魔が入りませんようにと私は祈った。汗で濡れたあなたの首筋に、後れ毛が張りついていた。生暖かく微かに甘いにおいが、手洗い場の底から立ち上っているような気がしたが、錯覚かもしれなかった。

「さてと、このくらいでよし」

晴れ晴れした口調であなたは言った。母乳の勢いは少しも衰えていないのに、どこから終わりのサインが出ているのか、乳首の感覚なのか弾力の変化なのか、不思議でならなかった。あれだけの母乳を搾り出してもまだ、乳房は掌《てのひら》からあふれるほどの大きさを保ったままだった。

仕事を再開すると、あなたはすぐに元の調子を取り戻した。ばら撒《ま》くべき手紙はたくさん残っていた。さあ、こんなことで手間取っている暇はないわ、とでもいう具合だった。乳房は下着の中に大人しく収まり、ボタンはすべてはめられ、前髪はきちんと撫で付けられて、胸元の染み以外、ついさっきまでの秘密の名残はどこにも見当たらなかった。

条件反射で出てしまうから、と言ってあなたは赤ん坊を避けて歩くようになった。特に危ないのは泣き声で、通りの向こうから乳母車が近づき、しかも中の赤ん坊がむずかっていたりすると、あからさまに顔をそむけ、麦藁帽子のつばを折って耳を塞《ふさ》いだ。他にも赤ん坊の顔が写ったポスターや、ベビー服の専門店や、雑貨店のウインドウに並ぶミルクの缶や、いろいろと注意すべきものがあった。あなたが手紙の置き場所を探す一方、私は母乳の危険信号をキャッチするのに精力を傾けた。できるだけそれを早い段階で発見し、あなたの背中をつついて注意を促した。ようやく自分にも相応しい役目が見つかったようで、気分がよかった。

「ほら、あそこ。気をつけて」

私が指差すとすぐさまあなたは目を伏せ、二人体を寄せ合って危険を回避した。

「ほら、ここ」

あなたが指差せば二人一緒に立ち止まり、小人が隠れていてもおかしくない空洞をしばし見つめ、互いにうなずき合った。

あなたは手紙を置く。小人の邪魔にならないよう、細心の注意を払いながら、空洞の奥へ滑り込ませる。なだめるように、安心させるように、母乳のにおいの残る手で、宛名をそっと撫でる。


「あなたも、この近くに?」

そう、尋ねられる。私は首を横に振る。次の言葉をどうつないだらいいのか混乱して、しばらく沈黙が続く。どこか遠くで時報を告げる鐘が鳴っている。

「立派になって……」

もう一度私に触れようとして伸ばした手を、あなたは引っ込め、代わりに真珠の首飾りを握ったり指に巻きつけたりする。相変わらず紙袋は地面でぐったりしている。

「私なんてすっかり時代後れなんだけど、それでもいまだに、昔ながらの家庭のお菓子を習いたいっていう人がいるの」

「きっとそうでしょうね。そう思います」

「別に宣伝はしなくても、どうにか細々とね」

「とても美味しいお菓子でしたもの。よく覚えています」

「ええ、私だって何一つ忘れていない。二人で一緒にお仕事したのよ」

「はい」

「あの時……」

あなたは一瞬口ごもり、真珠から手を離して私を見つめる。

「あの時、戻ってこられなかった手紙はどうなったのかしら」

瞳の表情を読み取るには、もう光が足りなくなっている。

「考えたことも、ありません」

私は答える。

「そう？　私はいつでも思っている。まだ誰にも見つけてもらえずに、じっと隠れたままでいる手紙のことを」

どんどん日は沈んでゆく。いつの間にか西日は色を失い、遊歩道はすっかり木立の影に覆われ、林の奥は夕闇に満たされようとしている。私はスカートのポケットに手を入れ、そこにちゃんとチケットがあるのを確かめながら、梢《こずえ》の間にほんのわずかのぞいている劇場の屋根を見やる。

「あるいは、手紙を拾ってわざわざ投函した人のこと。自分が科学実験のデータを左右しているなんて知りもしないで、ただ小さな善意を示しただけの、誰かのことを、今でも思い出してる」

あなたは視線をそらそうとしない。再び沈黙がやってくる。

「今日、生徒さんに教えるのはね……」

黙っていることに耐えられなくなったあなたが先に口を開く。

「ババロアよ」

そのお菓子の名前を胸の中でつぶやきながら、私は声にならない声を漏らす。あなたは微笑んでいる。また紙袋の中で、泡立て器とボウルのぶつかる音が聞こえる。


契約期間も残りあとわずかになったところで、急にお姑さんが家へ戻ってしまい、あなたが仕事を途中で辞めなければならないと知った時、思いがけず名残惜しい気分になって自分でも戸惑った。もうすぐそこまで秋が近づき、夏は去ろうとしていた。

別の人と二人組になってみるといっそう、いかにあなたの見つけ出す置き場所が魅惑的であるか、いかに私たちのコンビネーションが絶妙であったかがよく分かった。あなた以外の人とでは、手紙実験の補助員はただ歩き疲れるだけの退屈な仕事に過ぎなかった。誰も彼も、いかに早くばら撒き終えるか、ということしか頭になかった。途中、公衆トイレのそばを通るたび、どうしても素通りできずにこっそり中をうかがってみたが、もちろん手洗い場の前にはがらんとした暗がりが広がるばかりだった。

最後の日、あなたは住所を書いたメモを手渡し、ぜひ訪ねて来るようにと言ってくれた。

あなたに相応しい美しい筆跡だった。目指す家を見つけるのは少しも難しくなかった。住み心地のよさそうな住宅街の中で、その家はひときわ目を惹《ひ》く雰囲気を漂わせていた。豪華に飾り立てられているわけでも、奇抜なデザインをしているわけでもなく、むしろたたずまいは簡潔すぎるくらいなのに、他を圧倒する凜々《りり》しさがあった。番地を確かめるまでもなく、きっとあれがあなたの家に違いないという予感がした。私の予感は間違っていなかった。

作りは四角い箱を積み重ねたような二階家で、玄関を真ん中にして扉も窓も屋根も樋《とい》も、すべてが完全な左右対称を成していた。壁は白く、窓枠の黄緑色と庇《ひさし》の影がその上に直線の模様を描き出していた。例えば仕舞い忘れたスコップや、渦を巻くホースや、壁に立て掛けたままの自転車や、そういう左右対称を乱すものは何一つ見当たらなかった。建物同様、もちろん庭にもこの厳密なルールは適用されていた。ほんの五分前に手入れを終えたばかりかと思うほどに芝生は綺麗《きれい》に刈られ、東と西に配置された花壇は広さだけでなく、花の種類も色も、背丈も密度も、対称に揃っていた。

玄関へ真っ直ぐに続く敷石を行く間、芝生の緑に日光が反射してまぶしかった。鼓動が速くなるのは、あなたに会えるからなのか、敷石を踏み外して芝生を傷つけるのが恐いからなのか、自分でも区別がつかなかった。

私たちはずっと台所で一緒に過ごした。居間にもテラスにも寝室にも用はなかった。台所だけがあなたの居場所だった。そこは広々として日当たりがよく、どこからか風が吹き抜けて涼しかった。お菓子の先生なのだから、台所が完全であるのは当たり前で、そこがいくら几帳面《きちょうめん》に整えられていようともう驚きはしなかった。

お菓子教室の生徒さん用なのだろうか。庭に面した掃き出し窓の前には安楽椅子があり、私たちはそこに座ってお茶を飲みながらお喋《しゃべ》りした。私はその日回った地区の様子や、手紙の宛名や、相棒のいい加減さを語り、あなたはお菓子のレシピやオーブンの性能やお姑さんの悪口を語った。二人とも補助員の時と同じ、白いコットンのワンピースを着ていた。あなたの胸元の染みは洗濯されて綺麗になっていた。

「赤ちゃんはどこですか？」

私は尋ねた。家の中はしんとして、人の気配がしなかった。

「二階でお昼寝」

あなたは頭上を指差した。私たちは天井を見上げ、耳を澄ました。

「ちっともぐずらないいんですね」

「そう。とてもお利口さんだから」

台所には赤ん坊を連想させる品は一つとして置かれていなかった。

こんなに完璧《かんぺき》な台所で作られたお菓子はどれほど美味《おい》しいだろうと思う反面、ここが食べるものを作る場所だとは到底信じられない気もした。ここでお菓子教室が開かれ、大理石の調理台に卵の白身が垂れたり、床に小麦粉が飛び散ったり、あふれる生徒たちのお喋りが天井で弾《はじ》けたりする様子を思い浮かべるのは難しかった。流しは隅々まで乾燥し、レンジフードには油の染み一つなく、冷蔵庫やオーブンや食洗機はあらかじめ計算されたスペースにきっちりと収まっていた。全体が真っ白に統一された中、蛇口の銀色とガスコンロの黒色が、冷え冷えとした光を放っていた。収納戸棚はもちろん全部閉まっていたが、中など見なくても、すべてが整理整頓《せいとん》されているのは明らかだった。

例外が一切なかった。ついうっかり、という失敗とも言えないゆるみが許されない台所なのだった。

「あの封筒には、何が入っているんでしょう」

台所のあちらこちらを見つめながら、私は前々から気になっていた質問をした。

「もちろん、手紙よ」

あなたはリラックスした様子で安楽椅子にもたれ掛かり、庭を眺めていた。

「何が書いてあるのかしら」

「さあ、それはきっと実験に関する何かでしょうね」

「一通くらい、開けて中を見てみたいと思いませんか？」

「それは職務違反よ。説明書にもちゃんと注意事項が書いてあった」

「でも時々、その欲望に負けそうになるんです。あんなに大量の手紙を前にすれば、誰だって……」

「いけない。こっそり覗《のぞ》き見するなんて」

あなたは首を横に振った。首筋で絡み合う後れ毛が見えた。

家の中と同じく静まり返った庭は、相変わらずの左右対称を保っていた。広々とした芝生は平らな緑の湖だった。小鳥でさえ、この庭の法則を心得ているのだろうか、舞い降りてこようとはしなかった。

安楽椅子は革が柔らかく、ほんの少し動いただけですぐ、体があなたの方に傾いてしまいそうになった。息を吹き掛けられるほどすぐそばに、手紙を置く瞬間よりももっと近くに、乳房があった。まだあの時のにおいが残っているかもしれないと思い、気づかれないよう深く息を吸い込んでみた。

あなたは私の、何の飾り気もない汗ばんだ髪を撫でた。髪というものは、誰かに撫でてもらうためにあるのだと、その時初めて知ったかのような気持ちになった。あの乳房を包めるくらいなのだから、あなたの指が長いのは承知しているつもりだったが、髪の毛から伝わってくる感触はもっと圧倒的だった。指先と髪のこすれ合う音が、鼓膜をすっぽりと覆っていた。

自分も何かお返しをすべきだろうか。奇妙な思いにとらわれて私は焦った。あなたの手が私の髪にあり、私の手があなたのどこかにあれば、二人で一続きの輪になれる。そう思い、あなたのどこかを探すために、おずおずと手をのばした。

「あっ」

その時、あなたが短い声を上げた。そして私の髪から手を離し、呼び止める間もないほどの素早さで掃き出し窓を開け、黙って庭へ出ていった。芝生を横切るサンダルが緑の中にふんわりと沈んでゆくのを、私はただ見送るしかなかった。あなたはどこからか芝生の上に舞い込んできたらしい落ち葉を一枚拾い上げ、垣根の隙間に手を突っ込み、隣の庭にそれを投げ捨てた。もう他に緑の湖面を乱すものはないか、注意深く見回したあと、再び私のもとへ戻ってきた。

その時、夕闇の奥から、遊歩道の砂利に車輪を取られ、ひどくもたついた様子で乳母車が一台近づいてくる。赤ん坊が泣いている。握りこぶしを二つ頭上に突き上げ、おしめで膨らんだお尻《しり》をもぞもぞさせながら、もうこれ以上は我慢できませんと嘆くような、お願いですからどうにかして下さいと拝むような、か細い声を上げている。おしゃぶりは吐き出され、縫いぐるみは蹴飛《けと》ばされ、汗とよだれで濡れた頬はまだらに赤くなっている。母親は抱き上げてあやそうともせず、レバーを握り締め、前だけを向いて乳母車を押し続けている。泣き声は砂利の音と重なり合い、逃れようもなく長くどこまでも響いてゆく。

私はあなたの胸元を見る。真珠の首飾りが、やはりだらんと垂れ下がっている。

「赤ん坊が……」

あなたのそばで、ずっと肩をすぼめたまま黙っていたからだろうか。私の声はかすれていた。天井を見上げた拍子にクッションが沈み、思いがけず互いの頬が触れ合った。天井から伝わる気配は空気を震わせ、台所の隅々に広がり、やがて窓をすり抜けて芝生の湖面にさざ波を立てた。赤ん坊はただ泣くばかりだった。見る間にワンピースに染みが広がりはじめ、公衆トイレの手洗い場でかいだ匂いがよみがえってきた。

あなたは大理石の前に立ち、戸棚から一つボウルを取り出すと、公衆トイレと同じ手順で前ボタンを外し、ブラジャーをずらして乳房を露わにした。盛り上がった血管で、皮膚が引きつれるほどに張り詰めた乳房だった。右手の指がほんのわずか埋もれただけでたちまち、こらえきれずにあふれる憤りのように母乳は噴出した。ひんやりとしたボウル目掛け、母乳は何度も、白い一本の矢になって突き刺さっていった。たとえ安楽椅子からは見えなくても、母乳の弾ける音に耳を澄ましていれば、磨き込まれたボウルの銀色に飛び散る乳白色の点々や、少しずつ溜《た》まってゆく母乳の泡立ちを思い浮かべることができた。

あなたは真っ直ぐに一点を見つめながら、規則正しいリズムを刻んだ。あとからあとからいくらでも母乳は出てきた。その大量の液が、体の内側で作られたものだと思うと、恐ろしい気持ちになるほどだった。ずっとうつむいているのにどうして分かるのか。風が吹き、小鳥が飛び立って一枚でも木の葉が落ちると、あなたは手を止め、胸をはだけたまま芝生に出てそれを隣家に投げ捨てた。何度でもあきらめず、いちいちリズムを中断させた。腰をかがめるのと一緒に乳房はぶらんとなった。日光と芝生の緑に映えていっそう肌の白さが際立った。その間もずっと二階の赤ん坊は泣き続けていた。

あなたは母乳を計量し、ミルクパンに入れて温め、ゼラチンを溶かし入れた。更に新しいボウルに卵を割り、砂糖を加えて泡立てた。手つきはゆったりとしていながら無駄がなく、考え抜かれた作法をなぞるかのように洗練されていた。冷蔵庫を開けたり、戸棚から用具を取り出したり、卵の殻をゴミ箱に捨てたりしている間も、台所の秩序は決して乱されなかった。

「赤ん坊は大丈夫でしょうか」

何度も私はそう言おうとした。二階へ様子を見に行こうとして、安楽椅子から腰を浮かせかけた。しかしそのたび、あなたが醸し出す秩序の厳密さに気後れし、どうしても言葉を挟むことができなかった。あなたの作業を中断できるのはただ、芝生の上に落ちる木の葉だけだった。

泡立て器が軽快にカシャカシャと鳴り、その音に合わせてむき出しの乳房も揺れていた。力など入れていないように見えるのに、みるみる卵白は盛り上がり、乳房と同じ色になっていった。体温より温かくなった母乳からは、湯気が立ち上っていた。息を吸い込むと、あなたの体の奥に満ちるにおいをかいだような気持ちがした。そこへ卵白が大胆に、サクサクサク、と混ぜ込まれた。

あなたは一言も口をきかなかった。やがて完成した液は、リング状の型に流し込まれた。母乳ババロアはちょうど型の縁、ぎりぎりのところに収まった。相変わらず赤ん坊は泣きやむ気配を見せなかった。

「赤ちゃんはお元気ですか」

遠ざかってゆく乳母車を見送りながら、私は尋ねる。もちろん既に赤ん坊ではないと分かっているが、他の呼び名を知らないのだから仕方がない。

ためらいがちに、あなたは首を振る。うなずいたのか、否定したのか区別がつかず、私は次に尋ねるべき言葉を見失う。

「さあ、どうかしら……」

あなたはつぶやく。

「一緒に暮らせなかったから。離れ離れになって……」

その時になってようやく私は、あなたの子どもが男の子なのか女の子なのか、ずっと知らないままだったことに気づく。

大方日は沈み、人影は少なくなり、ベンチも、水飲み場も、梢の間からのぞいていた劇場の屋根も見えなくなろうとしている。風が止《や》み、ポプラの枝は空に貼りついたようになって闇に溶けている。もっと高いところには、いつの間にか一番星が昇っている。失くすはずもないのに私はもう一度ポケットに手を忍ばせ、チケットに触れる。

「ねえ、どこかでお茶を飲みましょうよ」

声の調子を変え、とてもいいアイデアだという口振りであなたは言う。

「せっかくの機会だもの」

「生徒さんのレッスンに遅れるんじゃありませんか」

「ううん。構わないのよ、ちょっとくらい遅刻したって」

「えっ」

「先生は私なんだから、びくびくする必要なんてないの」

「そうは言っても……」

あなたの側の事情であなたの方からあきらめてくれないだろうか、と私は願っている。

「お茶なんかやめて、お酒はどう？」

あなたはいっこうに引き下がる様子を見せず、自分の思いつきに顔を輝かせている。

「そうよ。それがいい。このあたりで一杯お酒を飲んで、どこか落ち着けるレストランへ行くの。何か美味しいものを食べましょうよ。一軒、心当たりがあるわ。そんなに遠くないから心配はいらない。歩いて二十分くらいよ。ねえ、それくらいのお祝いをしたって、罰は当たらないはずよ。だってこんなにも素晴らしい偶然なんだもの」

あなたは紙袋を持ち上げ、歩き出そうとする。泡立て器やボウルや雑多な道具がガチャガチャと耳障りな音を立てる。

「ごめんなさい」

私はあなたの腕にそっと手を添えて言う。

「今から、劇場へ行くところなんです。バレエを観に」

それでもなおあなたは笑みを浮かべながら、レストランの方向を探してあたりをきょろきょろと見回す。

「開演時間が迫っています。もう行かないと。本当にすみません。ゆっくりお話もできず。許して下さい。どうか、お気をつけて。お元気で」

答えが返ってくる前に私は素早くその場を後にし、あなたを置き去りにする。どうしても観たいという公演でもない。所詮《しょせん》、急用のできた友人に譲ってもらったチケットじゃないか。砂利を踏む自分の足音がすぐ耳元に響いてくる。せめて紙袋を持って、バス停まで送ってあげるくらいの親切は、できたはずだ。いや……。自分の声を打ち消そうとして私は足を速める。息がどんどん苦しくなる。それとも一度立ち止まり、手を振って最後の合図を送るべきなのだろうか……。

次々に浮かんでくる思いを押し留《とど》めているうち、いつしか立ち止まるきっかけを失ってしまう。背後から紙袋の音が近づいてくるような気がして、いっそう振り返るのが恐くなる。けれど本当に近づいてくるのはもしかしたら、赤ん坊の泣き声だったかもしれない。

次に家を訪ねた時、あなたはもうここにいないのだと分かったのは、庭に枯葉が何枚も落ちていたからだった。芝の葉先は不揃いに伸び、花壇の花は萎《しお》れ、門扉には鎖が巻きついていた。その鎖に手を掛け、中の様子をうかがったが、そこはただしんとしているばかりだった。

目を凝らすと、カーテンの取り払われた窓から、わずかに台所が見えた。安楽椅子が姿を消している以外、他に変わったところはないように思えた。戸棚を開ければ泡立て器もボウルも、計量カップも卵も、リング状の型も、すべての用意が準備万端整っていそうだった。大理石の調理台はいつでもババロアを受け止められるよう、冷たい水平を保っていた。

あなたは冷蔵庫から固まったババロアを取り出すと、大事に両手で捧《ささ》げ持ち、調理台の上で型を逆さまにした。ババロアはなかなか出てこなかった。それでもあなたはイライラして底を叩《たた》いたり、ナイフを隙間に差し入れたり、そういう余計な手出しをしようとしなかった。私たちは息を殺し、じっとその瞬間を待った。

もしずっとこのままだったらどうなるのだろう。ふとそんな疑問がよぎった。あるいは、自らの重みに耐えかねたババロアが大理石の上で汚物のように潰《つぶ》れてしまったら。その想像は私を恐がらせ、胸を詰まらせ、同時にうっとりさせた。

二人の視線は一点で交わっていた。どんなわずかな兆候も見逃すまいと、私は目を凝らした。どうかこの大事な時に、木の葉が舞い落ちませんようにと祈った。

次の瞬間、ババロアは型から外れ、深いため息をつくように震えながら姿を現した。どこにも欠けたところのない、母乳の匂いのする、完全な形のババロアだった。

帰り道、一緒に仕事をした地区を巡り、あなたの置いた手紙がどうなったか確かめて歩いた。あなたの見出《みいだ》した場所を私は全部覚えていた。誰かに拾われたのか、既に姿を消している手紙もあれば、まだそのまま残っているのもあった。ルール違反だと十分承知していながら、その内の一通を思わず手に取り、ポケットに押し込んで持ち帰った。宛名が何だったかは忘れてしまったが、そんなことはどうでもよかった。ただその手紙に、あなたと私、二人の秘密が記されているような気がして、投函もせず、長い間ずっと持っていた。あなたの言いつけを守り、一度も封は開けなかった。

Stanley Milgram's "the lost-letter technique"

放置手紙調査法

服従実験やスモールワールド現象で知られる社会心理学者、スタンレー・ミルグラム（1933－1984）によって編み出された実験。1963年、コネチカット州のニューヘヴンで最初に行われて以降、数多くの実験がなされ、特定の組織やテーマに対する評価の調査に有効であることが証明される。ミルグラムはこの方法の限界を認めつつも、「社会的な態度を測定するために手紙を町にばらまくというやり方には、ちょっとした詩心が感じられないだろうか」と、インタビューで語っている。

The Surveying
In the memory of Glenn Herbert Gould

第　五　話

測 量

「1、2、3、4……」

祖父が10まで数えると、僕は手元のノートに縦棒を一本引く。祖父は上着の右ポケットから左ポケットへ、マッチ棒を一本移動させる。

「……7、8、9、10」

1に戻って再び10に達すると、もう一本縦棒を書く。左ポケットのマッチ棒は二本に増える。

「1、2、3、4……」

五本めだけは縦棒四本の真ん中を貫く横線を引く。祖父は繰り返し1から10まで数え続ける。柵《さく》のような形をした50のかたまりがいくつも連なり、ポケットは少しずつ膨らんでゆく。定期的に訪れる五本めの横線を、僕はできるだけ元気よく、軽やかに書くよう努める。そうやって二人きりの単純な作業にささやかなアクセントを与えながら、僕たちは確実に前進しているのだと自分に言い聞かせる。

「1、2、3。さて、何歩？」

不意に祖父は歩みを止める。

「440プラス3歩」

ノートに視線を落としたまま、僕は答える。祖父は左のポケットに手を入れ、指先だけでマッチ棒を数える。四十四本、ちゃんとありますように、と僕は胸の中でつぶやく。二人の計算が違っていたからといって、別にどうなるわけでもないのに、なぜかいつでもそう祈っている。一本でも足りなかったり、余分があったりしただけで、それが取り返しのつかない何かの予兆になるのではないかと心配している。

「では、次」

祖父は小さくうなずき、マッチ棒を右側へ全部移して左ポケットを空にすると、新たな方角を目指し、再び歩きはじめる。本当にマッチ棒が四十四本あったのかどうか、祖父の指先以外、他の誰にも確かめられない。


長く生きすぎたせいで、祖父の目は見えなくなってしまった。少しずつ悪くなるのではなく、ある朝起きるとあたり一面、真っ暗闇になっていた。

その朝、ベッドに横たわった祖父は、人差し指と親指でつまんだ両瞼《まぶた》を、どうにかして引っ張り上げようと苦心していた。無理に持ち上げすぎたせいで白目が半回転し、薄ピンク色をした毛細血管の網目模様が露《あら》わになっていた。

「なぜだか瞼が開かない」

首をかしげて祖父は言った。

「そうなの？」

もう十分すぎるくらい開いているよ、という言葉を飲み込んで、僕はベッドの脇にひざまずいた。

「うん」

不思議でたまらない様子で祖父はしばらく瞼と格闘していたが、やがて真っ暗なのは瞼のせいではなく視力の問題だと気付いたようだった。

「そうか、既に目はぱっちり覚めていたのか」

目が見えないことに驚くより、自分の勘違いが正されてすっきりした、とでもいう口振りだった。無事、白目は元の位置に戻っていた。

盲目になってからも生活にさほどの不自由は生じなかった。祖父は家中を歩いて回り、あらゆる箇所の歩数をかぞえて僕に記録させた。居間や台所や寝室の四方の壁沿いに歩くのはもちろん、帽子掛けと靴箱と玄関扉、髭剃《ひげそ》りセットとシャワーの蛇口、お菓子専用の戸棚とガスレンジのつまみ、猫の餌が仕舞ってある引き出しとサンルームの出窓、ラジオとソファーの一番柔らかいクッション、書き物机の祖母の写真とベッドの枕……。考えつく限りの点と点を結び、その間の距離を測った。計測は屋内にとどまらず、庭へも及んだ。たいして広くはなく、手入れも行き届いているとは言えなかったが、やはりそこにも計測されるべき線は縦横に張り巡らされていた。ユーカリ、庭園灯、ヤマモモ、散水栓、モッコウ薔薇《ばら》のアーチ、納屋、モクレン、物干し竿《ざお》、犬小屋の残骸《ざんがい》……。

祖父は粘り強く歩き続け、数字をつぶやき続けた。途中、付き従う僕の方がくたびれるくらいだった。ノートに記される縦棒と横棒の柵は複雑に入り乱れ、どんどん暗号めいていった。しかし祖父が混乱し、投げやりになったり癇癪《かんしゃく》を起こしたりすることは一度もなかった。常に冷静に、自分の足が生み出す軌跡の細部と全体像、両方を把握していた。

まず、必要な地点を定める。引き出しの把手《とって》でも蛇口でも、慎重に撫《な》で回し、形や感触を掌《てのひら》に定着させたあと、暗闇の座標の一点にピンを刺す。そこから目指すべき前方に向けて一歩一歩進んでゆく。僕が肩に触れ、角度を微調整することもある。祖父は僕の指示に素直に従う。より正確な歩幅を保つためだろうか、背筋は伸び、頭は真っすぐに固定され、遅すぎもせず速すぎもしない一定のリズムが刻まれる。足音と歩数のつぶやきが一つに溶け合い、音楽のようになって耳に届いてくる。土の中で冬眠する野生動物の鼓動にも似た、あまりにひっそりとした音楽なので、たぶん僕にしか聴くことはできないのだろうと思う。

あっという間に祖父は、かつて目に見えていた風景を歩数に置き換えて自分のものにした。歩数をかぞえながら移動し、髭を剃ったりクッキーをつまみ食いしたりしている姿を見ていると、水晶体や網膜の果たしていた役割が、歩行と数字に入れ替わっただけではないか、という気がした。特に夕食のあと、僕が本を読んでいるそばで、定位置のソファーに座り、黙って煙草を吸っている様子など見ていると、盲目なのを忘れる瞬間さえあった。

そういう時、祖父は口笛虫の音楽に聴き入っているのだと僕は知っていた。その虫が祖父の脳みそに住み着いたのは、目が見えなくなるずっと以前、祖母が死んでまだ間がない頃だった。

「口笛のとっても上手な虫だ」

祖父は心の底から感心していた。

「どんな形？」

まだ子どもだった僕は、それがオオクワガタのように恰好《かっこう》いい昆虫だったらいいのに、と思っていた。

しかし祖父の説明によれば、ぱっとしない容姿の持ち主であるのは間違いなさそうだった。ぷっくりと膨らんだ蛇腹状の胴体。毛羽立ってべたべたした脚。長すぎる触角。薄っぺらな翅《はね》。とにかくそれが脳みその奥深くにまで迷い込み、とうとう出られなくなったのだ。

「どこから入ったの？　耳から？」

「いや、いや」

祖父は耳の裏側にほんのわずか残る髪をかき分け、焦げ茶色の疣《いぼ》を見せた。

「ここが入口だ。普段はこれで蓋《ふた》をしている」

祖父は疣を人差し指の腹で優しく叩《たた》いた。それは左耳たぶの陰に上手《うま》い具合に隠れていた。表面はごつごつとし、産毛に周辺を取り囲まれ、隙間なく皮膚に食い込んでいた。

「開けて見せて」

すかさず僕はせがんだが、祖父はすまなそうに首を横に振った。

「せっかくの口笛虫が、逃げてしまったらどうする？　見かけによらず、すばしこいのだ。用心するに越したことはない」

死んだ祖母と入れ替わるようにしてやって来た虫だから、たぶん逃がしたくないのだろうと納得し、僕は潔く引き下がった。

口笛虫は、口がどこにあるのかさえよく分からないほどなのに、自在に口笛を操り、見事な音楽を奏でる。その小さな体で、どんなに一流の演奏家にもオーケストラにも出せない豊かな音を、脳みそ一杯に響かせる。口笛虫というのは便宜上の呼び名で、本当はもっと複雑な仕組みで音を出しているのかもしれないが、たとえるべき楽器が一つとして思い浮かばない。

「何ていう曲？」

僕は何度も尋ねたが、音楽に詳しいはずの祖父の答えはいつもぼんやりしている。

「いつかどこかで聴いたことがあるようでもあるし、ないようでもある。長い長い曲の一部かもしれないし、違うのかもしれない」

時には丸一日、同じメロディーがエンドレスで繰り返され、また別の日には、次々と新しい局面が現れ出る。その一局面が、何日も経ったあと、忘れた頃に新たな装いで蘇《よみがえ》ってくる。

「おじいちゃんも口笛で吹いてみてよ」

僕の提案は祖父をなおさら困惑させる。皺《しわ》だらけのすぼまった唇から漏れてくるのは、途切れ途切れの吐息にすぎない。

「ただ一つはっきりしているのは……」

吐息の続きのようなぼそぼそした声で祖父は言う。

「そうか、自分がいつも聴きたいと願っていたのはこういう音楽だったのか、と気付かせてくれるのだ、脳みその口笛虫は」

朝、目が覚めると一番に、今日はどんなふうだろうかと思って耳に意識を持ってゆく。ほんの数分もすれば、口笛が始まる。いつでも演奏を開始できるよう準備を整え、脳みその窪《くぼ》みに潜んで家主が目覚めるのをじっと待っていたのだと分かる。途中、休憩時間はあるが、それがいつ訪れるのか予測は難しい。底なしに湧き出る泉のように調子よくやっているかと思うと、何かの拍子にピタリと止《や》んだりする。慌てて祖父は疣に指を這《は》わせるが、それはちゃんと閉まっている。やがて口笛虫は息を吹き返す。心配はいらない。

もちろん祖父だって、頭の中を無音にしたいと思う時はある。しかし残念ながら、頭を振っても大きな声で喋《しゃべ》っても、こちらの都合で演奏をかき消すことはできない。口笛虫は家主の意思とも外の世界とも無関係に、ただ独自のルールに則《のっと》って、口笛を吹くばかりなのだ。

口笛虫の音楽を愛する祖父ではあったが、ごくたまに静かにしてほしい、とつい思ってしまうような時は、なぜだか後ろめたい気持ちに陥るらしく、自分で自分をなじった。こんなにもせっせと音楽を奏でてくれているというのに、文句を言うとは何事だ。失礼にもほどがあるではないか。本当はもっと感謝すべきなのだ。じめじめとして薄暗く、足場の悪い脳みそに閉じこもり、孤独を恐れず、拍手も報酬も求めず、たった一人のために尽くしているのだから……。

「僕にも、聞こえるといいのに」

祖父の首に両腕を回し、耳たぶの裏側に頬を押し当て、僕は耳を澄ました。けれどももつれた白髪がガサゴソいう音以外、何も聞こえてはこなかった。口笛虫の音楽は祖父だけのものだった。

口笛虫が住み着いて以降、つまり祖母が亡くなって二人きりの暮らしが始まってから、あれほど好きだったラジオを決してつけなくなった。夕食後、ソファーに三人が揃うのを待ちかねてラジオのスイッチを入れるのは、毎回祖父と決まっていたのに、むしろ口笛虫の音楽以外が鳴るのを嫌がり、僕が鼻歌をうたっただけで、「ちょっと、すまないが……」と言って遮った。かつて祖父と祖母の合唱の伴奏となり、僕の子守唄となったラジオは、ただの黒い箱になってしまった。

祖父の頭の中とは裏腹に、家の中はずっと静かになった。お喋りな祖母を失った以上の空白が満ちていた。祖父は長い時間、ソファーに座って半ば目を閉じていた。あれは祖母の死を悲しんでいるのではない、口笛虫の音楽に聴き入っているだけなんだ。子どもながらに僕は自分に言い聞かせた。そう思っていれば、悲しみが少しでも和らぐはずだと信じていた。


「小さい頃、おじいちゃんはとてもお金持ちだった」

お気に入りのクッションにもたれて煙草をふかし、見えるはずもない煙の行方に視線を漂わせながら、唐突に祖父が言い出した時は、いよいよ目だけでなく記憶までおかしくなったのかと身構えた。

「ふうん」

深入りしないよう用心して、僕は一応うなずいた。

「町まで、おおかたのところへは、家が持っている土地だけを通って行けたものだ」

深々と煙が吐き出された。

「駅はもちろん、小学校でもマーケットでも図書館でもな」

祖母からも親戚《しんせき》からも、そういう昔話は一度として聞いたことがなかった。平凡な土木技師として定年まで役場に勤めた祖父は、どう見ても大金とは無縁だった。

「へえ」

あまり興味の湧かない振りをしつつ、僕は読みかけの本のページをめくった。

「あっ、郵便局もだ。まあ、多少遠回りにはなるが……」

祖父はテーブルに手を伸ばし、煙草とマッチ箱と灰皿の位置を指で探ってから、新しい一本に火を点《つ》けた。

「大地主だったたんだね」

「おじいちゃんのおじいちゃんが塩田で儲《もう》けた」

「塩田?」

それも初耳だった。

「そうさ。このあたりの海岸全部、おじいちゃんの塩田だった」

海岸はとうの昔に埋め立てられ、わずかな名残もなく、僕の知っている海は遠くに横たわるただの細長い帯でしかなかった。

「でも、詐欺に引っ掛かって全部だまし取られた」

祖父は脚を組み、いっそう深くクッションに腰を沈めた。

「それは、残念だったたね」

「ああ」

口元に笑みとも懐かしさとも未練とも言えない表情を浮かべ、祖父は再び口笛虫の音楽の世界に戻っていった。やがて寝息が聞こえはじめた。

次に大金持ちの話が出た時は、正直、そんなことなど半分忘れかけていた。あれはうたた寝の最中に見た夢のようなものだろうと、勝手に決めつけていた。

「昔の、おじいちゃんの土地に行ってみようか」

しかし祖父は本気だった。

「今日は日曜だ。大学は休みだろう?」

「うん、まあ、それはそうだけど」

「久しぶりに確認をしておくのも悪くはない」

「確認って、何を?」

「昔の土地が、ちゃんとそこにあるかどうかを、だ」

「だって今は他人の土地でしょ?」

「別に、持ち主にはこだわっていない」

「でも一体、どこに……」

「心配はいらない。そこら中、いたるところがおじいちゃんの土地だ。鉛筆とノートを忘れずにな」

祖父はマッチ箱を開け、中身を上着の右ポケットに全部移し替えた。

「用心するに越したことはない」

それで準備完了だった。

その日から僕たちは暇ができれば一緒にバスに乗り、かつて〝他人の土地を踏まずに済む〟と謳《うた》われた栄華の地を訪ね歩くようになった。もちろん既に塩田はなく、おじいちゃんのおじいちゃんが買い漁《あさ》った土地はどこもすっかり様変わりしていた。かつて塩田が広がっていた砂浜は憩いの公園、塩を煮詰める釜屋《かまや》と選別場は公団住宅、倉庫は結婚式場、作業員宿舎はボウリング場、社屋はビジネスホテル、野菜畑と田んぼは市民プール、ただの空き地は雑居ビル……という具合だった。

けれど目が見えないおかげで、現在の風景は何の問題にもならなかった。公園でもプールでもビルでも、祖父はお構いなしに敷地を歩き、東西南北、縦横斜めの歩数をかぞえ、独自の測量を行った。昔の痕跡《こんせき》を探そうとして報われず、嘆いたり落ち込んだりはしなかった。終始、淡々としていた。足は一歩一歩前進し、口からは歩数が発せられる。それに合わせマッチ棒と、ノートの縦棒横棒が一本ずつ増えてゆく。ただそれだけだった。

「1、2、3、4、5、6、7……」

僕たちは体を寄せ合い、ボウリング場の駐車場をフェンスに沿って歩く。とてもさびれたボウリング場で、フェンスは錆《さ》びつき、車はポツリポツリとしか停まっておらず、ひび割れたアスファルトの隙間から雑草が伸びている。測量を重ねるにつれ、祖父の歩行はいよいよ安定感を増してくる。底のすり減った人工革の黒靴は、律儀に一定の歩幅と速度を守っている。

僕は右手に鉛筆、左手にノートを持ち、互いの肩が触れるか触れないかのぎりぎりの位置を保っていた。少しずつ速まる鼓動と高まる体温が肩先から伝わってきた。いくら単純な作業とはいえ、棒線を書き加えたりノートをめくったりするタイミングでリズムがずれないよう気を付ける必要があった。もちろん不意の障害物が現れた時のために、前方へも注意を怠らなかった。

　国道側の入口から北へ、突き当たって西へ、ボウリング場の裏口脇を通って今度は南へ、と僕たちは順調に歩数を積み重ねていった。フェンスの向こう側を通り過ぎる人々は、不思議とこちらに目を向けてこなかった。ただの散歩にしては足取りが堅苦しく、ボウリングを楽しむ客にも見えず、本当なら不審に思われても仕方がないはずなのに、誰もが僕たちを放っておいてくれた。おかげで思う存分、作業に没頭できた。

「1、2。さて、何歩?」

「290プラス2歩」

　祖父に問われ、すぐさま答えるその一瞬が僕は好きだった。祖父にとって必要なものを自分が差し出している、二人の呼吸がぴったり合っている、と実感できるからだった。相変わらず駐車場はしんとしたままで、人々のざわめきやピンの弾《はじ》ける音が裏口から漏れてくる気配もなかった。

「ここは炊事場。隣は談話室。あっちは寮母さんの離れ」

　マッチ棒のチェックが済むと祖父は、あちらこちらを指さしながら、僕に向かってというのではなく、事務的な確認のような口調で、昔そこが作業員宿舎だった頃の建物の配置をつぶやいた。

「玄関の両脇に銀杏《いちょう》の木二本。裏庭中央に皆でお月見をした築山《つきやま》。あの角に女中さんが飛び込んで自殺した井戸」

どの方角を指さそうと、そこに広がるのはただのうらぶれた駐車場だったが、光を通さない祖父の静かな目を見れば、暗闇の地図の正確な位置にピンが突き刺さっているのだと分かった。

「では、次」

ノートには次々、縦棒四本横棒一本の印が連なっていった。それは祖父の靴跡によって縁どられた過去を取り囲む柵だった。祖父の過去を守るため、僕は一本一本の棒をできるだけ地中深く、真っすぐに突き立てた。

「1、2、3、4、5……」

祖父の奏でる音楽がすぐ耳元で響いていた。白髪の隙間から茶色い疣が見え隠れしていた。お互い肩先で相手を感じながら、祖父は口笛虫の演奏に、僕は足音と歩数の音楽に身を任せていた。


夜、ノートを整理した。そうするよう祖父に言われたわけではないが、土地ごとにページを区切り、大まかな見取り図と歩数を記入した。表紙の裏には住宅地図を貼り付け、塩田王の所有地を赤鉛筆で囲っていった。なるほど昔の海岸線から市街地まで、一続きの赤い帯ができた。思い出せる限りすべての土地を一通り測量し終えると、二巡めに突入した。しかし、やることは同じだった。

「保全は大事だ」

と、祖父は言った。

「どの土地も、安全に問題はなさそうだったけどね」

僕は言った。

「いや、用心するに越したことはない」

これは祖父の口癖だった。

「地滑り、地割れ、冠水、落石、陥没、土石流。いつ何が起こって境界線がぐちゃぐちゃになるか分からん」

ノートの整理をするそばで時々祖父は、塩田王時代の思い出話をしてくれた。その頃にはもう、大金持ち伝説は単なる妄想ではなく本物なのだと、僕自身思い込むようになっていた。測量すべき土地の選択に矛盾がなかったし、思い出話が色鮮やかで生き生きしていたからだった。中でも僕の一番のお気に入りは、象の埋葬の話だった。

「ある日、動物園で一頭の象が死んだ」

祖父は煙草の火を消し、片腕をソファーの背に乗せ、クッションにもたれかかって半分目を閉じた。この話をする時は必ず、口笛虫の音楽に没頭している時と同じ体勢をとった。

「町で初めて飼われた、一頭きりの象だった。だからその大きすぎる生きものをどうやって葬ったらいいのか、誰も方法を知らなかった」

口調は少しもドラマチックではなく、土木技師が報告書を読むように冷静だった。それでいて声のトーンの底には、象に対する親愛の情が流れていた。

「動物園にある焼却炉に、死骸はとても入りきらなかった。死骸を切断すればよいのだ、と主張する者もいた。しかし、長年世話を続け、鼻に触れるだけで何種類ものサインをやり取りし、寝たきりになった彼女の傍らに一晩中付き添うほどだった飼育員には、亡骸《なきがら》をノコギリで切り刻むなどとてもできることではなかった」

祖父の声は煙草の葉のカスがついた唇から、淀《よど》みなくあふれ出てきた。その調べに聴き入っていると、脳みその奥で響いているはずの口笛が漏れているのでは、と錯覚する瞬間があった。そのたび耳の裏側に目をやったが、疣はいつでもちゃんと出入口を塞《ふさ》いでいた。

結局、象は埋葬されることになる。それだけ大きいものを埋められる土地を持っているのは、もちろん塩田王しかいない。

塩田の西の端、整備が追い付かずに放置されたままになっていた空き地が、埋葬の地として選ばれる。動物園の職員だけでなく、塩田の従業員たちも一緒になって穴を掘る。砂地の扱いには慣れた従業員たちであったが、象の死体に必要なのはどれくらいの深さなのか、誰にも見当がつかない。掘っても掘っても、小さすぎるのではないかという心配がつきまとう。「良し。止め」と号令を出したのは飼育係だった。皆全身、砂まみれになっていた。

死骸は特別の台車に載って運ばれてきた。それが穴の底に横たえられた時、深さといい幅といい、象の大きさにぴったりだと皆が納得する。四本の脚はごく自然な位置に収まり、鼻は緩やかにカーブを描き、耳は大人しく顔の横側に張り付いて、どこにも窮屈そうな雰囲気はない。慣れ親しんだ居心地のいい寝床で休んでいるのと同じだった。

飼育係が好物のバナナを一房投げ込む。綺麗《きれい》に熟した、何本あるか数えられないくらいに立派な房だった。それはちょうどカールした鼻先の上に落下する。

「何て美味《おい》しそうなんだ」

最初からずっと近くにいた少年は、象の死を悼むと同時に、バナナを食べたいという気持ちが沸き上がってくるのを抑えきれずにいた。駄目だ駄目だ。少年は首を横に振る。あれを食べることが許されるのは、今この場にいるうちで、最も痛ましいものだけだ。間違った誰かが口に入れれば、たちまち目の前にある大きすぎる死に飲み込まれてしまう。そう、少年は自分に言い聞かせる。

万が一にも野良犬に掘り返され、腐りかけで露わになったりしないよう、念には念を入れて掘り出した分よりもっと多くの砂が戻される。死体とバナナが少しずつ姿を消してゆくさまを、少年は目に砂が入るのも構わず、瞬《まばた》きするのも惜しい気持ちで見守る。やがてすべてが覆い隠される。あれほど大きなものを隠す場所が自分の足元にある、ということがいつまでも信じられないでいる。最後、塩田王が清めの塩を撒《ま》く。

ひとときの喧騒《けんそう》が去ったあと、人々は埋葬された象のことをあっさり忘れてしまう。しばらくはそこだけ地面の色が濃く、穴の形のままにいくらか盛り上がっていたが、やがて表面が滑らかになり、境があいまいになるにつれ、誰も正確な場所を指し示せなくなってしまう。ただ一人、少年だけを除いて。

彼は塩田に遊びに来るたび、あの日と同じ場所に立った。目印などなくてもちゃんと正しい位置を見分けることができる。いつまでも足元を見つめているうち、地面の奥のささやきが感じ取れるような気分になってくる。象に比べればほとんど存在しないに等しい小さな虫たちが、一斉にうごめきながら、皮膚や脂肪や筋肉や膜を食いちぎる。あちこちから漏れ出した体液が砂に染み込んでゆく。バナナは跡形もなく溶ける。とうとう鼻も姿を消す。頭蓋骨《ずがいこつ》が軋《きし》む。我慢しきれない様子で歯が一本、また一本とこぼれ落ちる。微生物が発酵し、透き通った薄青色の光を発する……。そういう音だった。

いくら何の変哲もないただの平らな砂地であろうと、少年の耳は誤魔化せない。一頭の象が消え去る間際に奏でる音楽を、波音の隙間から、一音残らず聴き取る。

「何年かのち、象を埋めた塩田から精製された塩は、熱を帯びると青白く光るという噂が流れた。大勢の人々が実際に試そうとしたおかげで、塩田王はいっそう儲かった。その光を実際に見たという者もいたし、まやかしだという者もいた。象のたたりだと、恐れる者も現れた。いずれにしてもすぐに皆、噂に飽きてすべてを忘れた」

祖父は一つ長い息を吐き出し、ガウンの紐《ひも》を結び直して目を閉じ、口笛虫に見送られながら眠りに落ちていった。

珍しくうっすら雪が積もった日、憩いの公園を測量した。常緑樹の林と温室と人工の沼に囲まれた、広々とした公園だった。人影はなく、一面、まだ誰にも踏まれていない雪に覆われていた。夜中に吹いていた風は収まり、木々はどれもしんとしていた。薄曇りの空からようやく差し込みはじめたばかりの朝日が、梢《こずえ》を抜け、木の葉一枚一枚に積もった雪を照らしていた。僕たちは普段より体を接近させて歩いた。

雪と寒さと手袋のせいで勝手が微妙に違ったが、僕たちはすぐさま的確なリズムをつかんだ。吐く息は白く、足音と歩数のつぶやきは更に密《ひそ》やかだった。雪は測量の正確さを証明してくれた。二人の後ろには規則正しい足跡が残された。その見事さに釣り合うよう、かじかんだ手に息を吹き掛けつつ、いつにも増して丁寧に柵を連ねていった。祖父の靴は溶けた雪で濡《ぬ》れ、頬は赤らみ、ひび割れていた。

「では、次」

しかし祖父は寒そうな素振りは見せず、広場から林へ、沼のほとりから温室へ、ベンチからベンチへと移動しながら、必要な測量場所を次々と指示していった。林の中は一段と寒く、木陰の雪は盛り上がった根や岩や落ち葉を全部、ふんわりと覆っていた。何もかもが静まり返っているなかで、小鳥たちだけが元気に枝の間を飛び回り、雪のかけらを舞い散らしていた。沼の水は濁り、育ちすぎた水草に邪魔されて底は見えなかった。

祖父は再び広場に戻り、西寄りの一角に、長方形の足跡を刻んだ。

「1、2、3、4。さて、何歩?」

「50と4歩」

「1、2、3、4、5、6、7、8。さて、何歩?」

「30と8歩」

たぶんここが、象を埋葬したところなのだと、僕は思った。口に出して尋ねてみたかったが、我慢した。遠い昔の大きすぎる死を悼むのに相応《ふさわ》しく、雪を踏む足音は穏やかだった。祖父の足跡が一頭の象の死を世界から切り取り、何ものにも侵されないよう守っていた。

測量が済んだあともしばらく祖父はそこに佇《たたず》み、なかなか帰ろうとしなかった。どこからともなく朝の散歩をする人々が現れ、無遠慮に測量の痕跡をかき消していた。体操する女、ベンチに座る老人、転げ回る犬。足跡が何の印なのか、地面の底に何が眠っているのか、疣の入口を抜けた先の暗闇にどんな音が響いているのか、気に留めるものはいなかった。いつの間にか輝きを増した朝日が、今にも雪を解かそうとしているところだった。

風邪をひくよ、と言う代わりに祖父の肩に落ちた雪を払い、マフラーを巻き直した。

「すまないね」

と、祖父は言った。うん、と僕はうなずいてから、太陽に向かい、胸一杯息を吸い込んだ。けれどそこが海だった頃の名残は、ほんのかけらも感じ取れなかった。

ソファーのいつもの場所で、祖父が口笛虫の演奏を聴いている。五日も続いた熱がようやく下がったばかりだというのに、悠々と煙草を吸っている。それでも時々咳《せ》き込むと、顔をゆがめ、すぐ脇に置いた祖母のクッションに腕を伸ばして掌を埋める。モールス信号を打つように、見えない楽器を奏でるように、指先が微《かす》かにリズムを取っているのが分かる。更にその手の先、サイドテーブルの上には、鳴らなくなって十年近くにもなるラジオが相変わらず放置されている。子どもの頃のように首に抱きついたり、疣を開けてみせてとせがんだりできない僕は、祖父の指先をただ黙って見ている。

口笛虫の演奏は続く。その音色は脳みその洞窟《どうくつ》にこだまして、どこか果てしもない遠く、例えば象を埋めた地面の底から響いてくるかのように聞こえる。祖父の心は夜と眠りの間を漂っている。口笛虫は祖父を洞窟の奥へと誘う。しかし祖父には、今自分の前に広がっている暗闇が、夜のせいなのか洞窟のせいなのか見分けがつかない。

僕は灰皿でくすぶっている煙草をもみ消し、もう一度ノートをめくり直す。祖父の記憶を取り囲む柵を目でなぞりながら、雪に刻まれた足跡を思い出し、足音と歩数の音楽を呼び戻す。

測量に狂いが生じはじめたのは、しつこい咳《せき》も治まり、やっと春めいてきた頃のことだった。最初のうち、さほど問題にもならなかったわずかな誤差が、いつの間にか少しずつ積み重なり、ふと気づいた時には無視できないほどに大きくなっていた。

元気になったように見えてもまだ、風邪が尾を引いているのだ、もう少し気候がよくなれば元通りになる。そう、僕は自分を納得させ、できるだけ事態を軽く受け流そうと努めた。けれどノートの縦棒横棒が示す数字は、どのような理屈を持ってきてもやはり矛盾しているのだった。

公団住宅も結婚式場も、ビジネスホテルもボウリング場も、そして憩いの公園も、測量を繰り返せば繰り返すほど、どんどん歩数が減少していった。もし体力が衰えて歩幅が狭くなっているのなら、歩数は増えるはずだった。僕はいつにも増して祖父のつぶやきに神経を集中させ、間違えないよう慎重に線を引き、柵をこしらえた。どこかにうっかりミスがあるのではないかと、ノートの記録を精査した。しかし、「さて、何歩?」と尋ねられた時、導き出される答えは、明らかに過去の数字を下回っていた。ボウリング場の東西の一辺は292歩から280、268、244歩へ。象の墓地の長辺は54歩から51歩、42歩、38歩へ。という具合だった。

祖父の様子は相変わらずだった。測量にかける意気込みも、手順も、おそらく歩幅も以前のとおりで、歩数の減少に気づいている気配はなかった。いくらポケットのマッチ棒の本数が少なかろうと、僕の答えにうなずき、ただそれを右へ左へ、左へ右へと移動させるばかりだった。

ボウリング場の駐車場で、憩いの公園で、僕は改めて隅々を眺め回した。もちろん何度見直してもそこは、祖父の足音とは何の関わりもない、ただのがらんとした駐車場と平和な広場でしかなかった。

少しずつ測量に同行するのが辛《つら》くなってきた。

「あそこはついこの間、測ったばかりじゃないか」

思い切って僕は言ってみた。

「地割れも地滑りも、そう滅多には起こらないよ」

「いや、保全は大事だ」

答えはいつも同じだった。

「用心するに越したことはない」

気のせいか肩先から伝わる祖父の体がか細く感じられ、足音も弱々しくなってゆくように思えた。僕は歩きづらくなるのも構わず、祖父の腕をつかみ、体を密着させた。

「1、2、3、4……」

つぶやきを聞き逃すまいと、口元に耳を寄せた。足音と歩数の音楽は、今にも消え入りそうだった。


僕のささやかな抵抗にもかかわらず、いよいよ歩数は減少してゆく。79歩、57歩、42歩、31歩……。駐車場の東西は15歩あまりとなり、象の墓場は縦横合わせても10歩を切っている。こんなわずかな歩数に象が横たわれるとはとても思えないのに、やはり死体はそこに埋まっている。ノートに記される柵はまばらとなり、余白ばかりが目立ち、一続きの囲いを作るのにも苦心する。塩田も倉庫も社屋も、祖父の記憶はどんどん縮んでゆく。

この流れは栄華を極めた土地だけでなく、家の中にも波及してくる。帽子掛けと靴箱と玄関扉は3歩に収まり、ラジオとクッションはほんの1歩、祖母の写真とベッドの枕は最早半歩にも満たない。祖父はこのところ一日中ソファーに座っている。当然ながらソファーの縮小も進んでいるが、祖父は上手くそこに体を滑り込ませ、少しも窮屈そうな様子を見せない。腰はクッションの真ん中にすっぽりと沈んでいるし、ガウンは誂《あつら》えたように気持ちよく馴染《なじ》んでいる。窮屈どころかむしろ逆に、全身が安堵《あんど》している。

縮小の進行につれ、口笛の響きは鮮やかさを増してくる。ノートに広がる余白に反比例して、脳みそは口笛で一杯に満たされる。

「おじいちゃん」

そう、そっと呼んでみる。行き場のない僕の声は、仕方なくあたりを漂っている。

口笛虫が祖父を洞窟の奥に誘っている。僕は追いかけて歩数をかぞえようとするが、祖父の足音は暗闇に消え、もう跡形もない。

祖父の葬儀を終えた翌日、集まった親戚たちが皆帰ったあと、ソファーに腰を下ろしてしばらくぼんやりしているうち、なぜか視界に入ったラジオに手を伸ばしていた。ようやく叶《かな》った祖母との再会を祝すのに、音楽がほしかった。口笛虫も足音と歩数の音楽も失われてしまったあと、残されているのはラジオだけだった。

元々古びた型のうえ、長年放置していたせいだろうか、スイッチを入れると、途切れ途切れのか細い雑音がいかにも苦しげに聞こえてきた。僕は適当につまみを回し、一瞬、周波数が合ったところで手を止めた。

誰か有名な音楽家が亡くなり、追悼の番組を放送しているらしかった。波のように絶え間なく雑音が寄せ、肝心な部分を大方かき消してはまた遠のいていった。アンテナを調整したが、たいして役には立たなかった。

やがて演奏が始まった。特別な飾りはなく、あくまでも穏やかなのに、一音一音にはひたむきな響きがあった。息をするように自然で、祈りのように切実だった。このまま身を任せていたらどこまで連れて行かれるのだろうかと、果てしもない気持ちにさせる円環だった。

足音に似ている。僕は思った。もしかすると口笛虫の音楽も、こんなふうだったのかもしれない。祖父の真似をして半分目を閉じた。脳みそに埋葬される口笛虫の姿を瞼の裏に浮かべた。それはまだ温かみの残る脳みその穴に、安らかに横たわっている。僕は死を悼むため、その周りを歩いて足跡を残し、歩数をかぞえる。

Glenn Herbert Gould

グレン・グールド（1932-1982）

カナダ、トロント生まれのピアニスト。父親特製の、脚を切った極端に低い木製の折り畳み椅子に座り、体を小さく縮めて演奏することで有名。飛行機の貨物室でクッション部分が踏み抜かれ、枠だけになったが、むしろより完璧になったと言ってなおそれを使用し続けた。32歳で演奏会活動から引退。1977年、惑星探査機ボイジャーに、バッハの「平均律第2巻 前奏曲とフーガ第1番ハ長調」の録音が搭載される。

「要するにこれは、終わりも始まりもない、真のクライマックスも真の解決もない音楽、ボードレールの恋人たちのように、〝気ままな風の翼にそっと休らっている〟音楽なのである」（「ゴルトベルク変奏曲」デビュー盤に寄せた自らの解説より）

A Mistake
In the memory of Vivian Maier

第六話

手違い

何か手違いがあったらしい。指定された日時に姪《めい》を連れて葬儀場へ行ってみると、受付の人に困り顔で、「一件もご依頼は入っておりませんよ」と言われた。何度帳面をめくり直してもらっても結果は同じだった。結婚式ならともかく、お葬式の予定が変更になるなんてことがあるのだろうか。奇妙に思いながらも、仕方なくバスに乗り直して湖水公園へ向かった。

「のんのさんは?」

いつもと違う手順に戸惑った姪は、バスの窓に顔を押し当てたまま、一度だけ尋ねた。

「いいの、いいの」

私が答えるとすぐに納得して、あとはずっと大人しくしていた。

なぜだか姪はお葬式のことをまだ上手《うま》く回らない舌で、のんのさん、と言った。まんま、ねんね、の続きのようにして、いつからかそう口にしていた。あるいは、棺《ひつぎ》の中の遺体か、祭壇の飾りか、もしかすると私と二人のお出掛け全体を指しているのかもしれなかった。

とにかくその日ののんのさんは、出鼻をくじかれる形になった。

湖水公園は、市街地を北回りに抜けるバスの終点にあった。名前のとおり湖畔にキャンプ場や淡水魚専門のレストランやボート小屋が点在する公園で、湖面を見下ろす丘には立派なお屋敷がいくつも建っていた。葬儀場でお利口にお仕事をしたあとは、ご褒美にアイスクリームを食べ、湖のほとりで遊んで帰るのがいつもの約束になっていた。

湖はあまりにも広すぎ、その全体像を視界に収めることができる者は一人もいなかった。どんなに目を凝らしても対岸は見えず、遠ざかってゆく遊覧船も漁船もヨットも、気がつけばいつの間にか水平線に飲み込まれ、姿を消していた。


姪はお見送り幼児だった。あの頃はまだ、葬儀には小さな子どもがどうしても必要なのだと皆思っていた。幼児の見送りがなければ、死者は無事にあちらの世界へたどり着けない、未熟でか弱いものだけが、死者が行くべき正しい方向を目配せできる、と信じられていた。もし親族に適切な年齢の子どもがいない場合、お見送り幼児が借り出された。

誰が指名するわけでもないのになぜか、まるでこのために生まれてきたかのようだ、と皆が得心する子どもが現れ、ごく自然にお見送り幼児の務めを果たした。しかしだからといって何か特別な役目があるわけではなかった。求められるのは葬儀に参列すること、ただそれだけだった。

歴代のお見送り幼児の中でも、姪は特に人気があった。聞き分けがいいけれどただ大人しいばかりではなく、物おじせず、時に無邪気さを振りまきながら、嘆き悲しむ人々の間をすり抜けてゆく。興奮しすぎて奇声を発したり、むっつりと不機嫌な顔を見せたりもしない。赤らんだ頬はいかにも健康で、唇はつやつやと光り、遺体を見つめる瞳《ひとみ》はどこまでも深々として黒い。

何より姪は黒の洋服がよく似合った。お見送り幼児専用のワンピースは祖母のお手製だった。丸襟で、胸元には三つ飾りボタンが並び、ハイウエストの切り替えから裾《すそ》にかけてふんわりギャザーの寄ったドレスは、もちろん隅から隅まですべてが黒色だった。姪がそれを身に着け、髪をリボンで結わえ、白い靴下にエナメルの靴を履いて葬儀場に現れると、誰もが思わず「可愛らしい」と口にしないではいられなかった。彼女がくるくる動き回るたび裾が翻り、小さな黒色の中で、靴下の白色が別の生きもののように溌剌《はつらつ》と舞って見えた。彼女だけが他の人々とは違う種類の風を受けているかのようだった。姪が響かせる靴音は、葬儀場に独自の模様を描き出した。その軌跡を目でなぞれるのは、死者一人きりだった。参列者たちは、目の前にいるこの幼いものがお腹を空《す》かせていないか、トイレは大丈夫か、棺の角に頭をぶつけて怪我をするのではないかと心配した。そうしているうちにひととき、死者に取りすがって泣くのを忘れた。

私も昔はお見送り幼児だった。けれどその頃のことはほとんど何も覚えていない。字が読み書きできるようになると務めは終了し、次の子に引き継がれる。覚えているのはただ、軽食に出されたエビのカクテルに当たり、全身、死体になる途中のような蕁麻疹《じんましん》に覆われたことだけだった。私は色黒で、痩《や》せっぽちで、祖母が作ってくれたワンピースが少しも似合わなかった。

いつしか姪を連れ、依頼された葬儀を巡るのが私の役目になっていた。日程の割り振りからお礼の管理まで、すべて祖母が差配した。当然ながら依頼は不意にやって来るので、抜かりなく準備を整えておかなければならなかった。ワンピースにはアイロンをかけ、染みのない真新しい靴下を用意し、風邪をひかせないようビタミン豊富なものを食べさせた。姪を待つ間、私は会場の外で本を読んでいた。街中どこの葬儀場でも、駐車場の縁石、ガードレール、バス停のベンチ、ブナの木陰などなど、読書に適切な居場所を確保してあった。面白い本かそうでないかとは無関係に、不思議とお見送り幼児の付き添いに似合う本があった。その時にしか読まない本のリストを、私は常にこしらえていた。

役目を果たし終えた姪は、ご褒美のお菓子が入った大きすぎる袋に難渋しながら、元気に駆け戻ってきた。

「今日のは、どんな人だった？」

私が尋ねると姪はいかにも思案する様子で、しばらく視線をきょろきょろさせ、

「……えっと……こんな……」

と言って胸の前で両手を組み、目をつぶった。彼女は瞼《まぶた》を閉じるだけで、たちまち遺体の真似をすることができた。

「申し分のないお見送り幼児がお身内にいらして、さぞかしご安心でしょう」

祖母はしばしば依頼人たちから羨《うらや》ましがられた。

「真っすぐあちらへいらっしゃれますものね。うろうろ迷って、みっともない様を晒《さら》す心配がございません」

「いえ、いえ。さほどのものでは……」

祖母は縫物の手を休め、謙遜《けんそん》して首を横に振るが、自慢でならないのは隠しきれず、自分が死ぬ時の話であるのも忘れてほくそ笑む。

子どもを遊ばせる地元の人の姿がちらほら目に入るだけで、湖水公園は静かだった。春は浅く、水平線を渡ってくる風にはまだいくらか冷たさが残っていたが、そのおかげで朝靄《もや》はすっかり流れ去り、湖面に青空が映っていた。姪はキャンプ場の広場に備え付けられた遊具を一通り巡ったあと、アイスクリームを丸々一個平らげ、満足げに頬をベタベタさせていた。顔を寄せてくるたび、バニラの匂いがした。

こうしている間にもどこかの葬儀場で誰かがお見送り幼児を待っているかもしれない、と思うと少し落ち着かない気分になった。こんな手違いは初めてだった。いよいよ祖母の耳も怪しくなっているのかもしれなかった。

お務めの帰りに湖へ寄る習慣は、元々祖母のアイデアに基づいていた。手違いでお見送り幼児があちらに連れて行かれないよう、黒いワンピースにまとわりついた死者の指紋を洗い流すためには、大量の水が有効だ、というのが理由だった。この湖よりもたくさんの水が蓄えられている場所は、他になかった。

私たちは水際に並ぶ石造りのベンチに座り、一休みした。姪はお尻《しり》を浮かせ、背中をよじり、ベンチを形作る石を一個一個指差していく。

「献石・湖を愛する老女。献石・麗しい乙女。献石・名もなき老翁。献石・心清らかな童《わらべ》。献石・誇り高き義士。献石・一凡人……」

そこに刻まれた文字を私が読み上げると、姪は声を上げて笑った。もっと、もっと、とせがんでベンチの裏に回り、しゃがんで下から覗《のぞ》き込み、次から次に人差し指を動かした。一つのベンチを攻略すると隣のベンチ、更に隣のベンチへと移動していった。

若人、奇才、隠者。慈母、詩人、革命児。坊や、鉄人、哲学者。どんな事情からか、実にさまざまな人たちが、さまざまな人たちを偲《しの》んで石を寄付していた。レンガ状に切り出された、何の変哲もない灰色の石だった。そこに刻まれた人々は私の声に乗り、一続きのリズミカルな歌になって姪の鼓膜をくすぐった。石に触れる姪の指先は、本当にこれは指なのだろうかと心配になるくらい小さかった。小さいということの意味がすべて、丸みや柔らかさや半透明の爪に込められていた。その指で石の鍵盤を奏でながら、姪は見知らぬ人々の歌にいつまでも聴き入っていた。

最後のベンチにたどり着いた時、ようやく姪は手を止め、世界中の人間を制覇し、彼らを湖水に沈めたかのような満ち足りた表情を浮かべた。

「のんのさんは？」

いつもとは違う手順だったのを再び思い出したらしく、姪はバスの中と同じ質問をした。

「いいの、いいの」

私の答えを聞いてから、今度はお手玉の練習に取り掛かった。

私たちの足先、すぐ手が届くところに湖水が迫っていた。地形と関係があるのか、風のせいなのか、海よりはずっと控えめながら、ひたひたと始終波が打ち寄せていた。中ほどにヨットが数艇、入り江の向こう側に遊覧船が一艘《そう》浮かび、その上を舞う水鳥の鳴き声が波音の合間に聞こえてきた。

もしかしたらここは、本当は湖ではないのかもしれない、と皆がこっそり思っていることに、私は気づいていた。向かって右側の岸は、大きく弧を描いたあと、入り組んだ様相を見せはじめる。それでも根気強く目でたどってゆくうち、気づかない間に丘の木々に紛れてしまう。一方単調な左側の岸は、緩やかに向こうへ、向こうへとのび、このまま行けば行き止まりまで到達できるのではと油断させておいて、ふとした瞬間、水と空の境目に吸い込まれてゆく。

何度試みても同じだった。どうやっても両側の岸は一続きにならなかった。もしここにある水が、閉じた輪郭を満たしているのではなく、どこにもつながらない遠い果てへ流れ去っているのだとしたら、それでもちゃんと、死者の指紋を拭《ぬぐ》えるのだろうか。岸を目で追うたび、私は心配になる。

水際に転がっている小石を二個拾い、初めてお手玉をやって見せた時、姪は驚いて「ほー」と声を上げた。私は奇術師にでもなった気分で調子よく、いっそう小石を高く投げ上げ、スピードをアップさせた。今この人の手の中で何が起こっているのか、いくら考えても分からない、とでもいうように姪は小石の残像に目を凝らし、それをつかもうとして何度も失敗した。とうとうもどかしさに耐えかね、半分泣きそうになったところで不意に私が手を止めると、一瞬で表情を変えた。ついさっきまで目の前にあったはずの、小石の描く曲線を探して瞬《まばた》きをした。そして再び「ほー」と吠《ほ》えた。この不思議を褒め称《たた》えるような、歓喜の声だった。

どこかに仕掛けがあると思ったらしい姪は、小石を子細に観察し、更には私の掌《てのひら》を疑い深そうに撫《な》で回したあと、早速自分でも挑戦をはじめた。もちろん上手くいかなかった。小石は元気なく、未熟すぎる手からこぼれ落ちるばかりだった。

以来ずっと、湖水公園に来るたび、二個の小石が生み出す、つなぎ目のない永遠の円環を求めて悪戦苦闘が続いている。お手玉に関して姪は驚くべき集中力と執念を見せる。何度繰り返しても、到底成功する気配もないのに、黙々と同じ失敗を繰り返している。この子が小石で一続きの円を描けない限り、湖の岸を一つに結ぶこともできないのだろうか、などと思ったりする。

姪は波が届かないぎりぎりの場所に座り込み、広げた脚の間に丸くて握りやすい小石をいくつも確保していた。リボンがゆるみ、垂れた髪の毛が額に掛かっていた。

「やって」

時折、私に小石を押し付け、お手本を見せるよう強制した。小石の円環が間違いなくそこにあることを確かめ、安堵《あんど》したのちまた挑戦に戻った。

ついさっきまで浮かんでいた遊覧船は水鳥とともに姿を消し、代わりにヨットの帆が数を増やしていた。入り江に架かる橋の上から、釣り糸を垂らす人々の姿が見えた。時折出会う顔なじみの男の子が三人、左側の岸辺に広がる砂地で、キャッチボールをして遊んでいた。たぶん丘の上のお屋敷に住む子どもたちだろう。いつも箱型のカメラを首に提げているシッターの女性が、そばで見守っていた。

私は鞄《かばん》を開け、リストから一冊選んで持ってきた文庫本を取り出した。鞄の底に、その日遺体に履かせるはずだった、祖母の編んだ毛糸の靴が横たわっていた。それは姪を指名してくれた人に向けての、祖母からのささやかなサービスだった。

あちら側へゆく道の途中は一面、苔《こけ》に覆われているらしい。最後の最後まで見送ってくれる最も律儀な植物は、いい匂いのする花々でも、立派な枝ぶりを持つ樹木でもなく、じめじめした日陰にこっそりはびこっている苔なので、それを傷めないためには柔らかい毛糸の靴が望ましいと、お見送り幼児を依頼するような人々は誰でもそう考えていた。

葬儀会社も専用の品を用意しているが、やはり手編みは格別だった。お見送り幼児に最も適したワンピースを縫える腕の持ち主である祖母は、同時に毛糸の靴を編む名人でもあった。靴下ではなく靴である、というのが大事なポイントだった。祖母の編むそれにはちゃんと中敷きがあり、靴紐《ひも》を通す穴があり、何より苔を踏み潰《つぶ》さない思いやりを備えた靴底があった。性別、年齢、足のサイズ、そして死因を尋ねさえすれば、祖母は死者にぴったりの靴を編むことができた。

「死ぬと水の巡りが止《や》んで、足が浮腫《むく》む。それを計算に入れて、ほんの一目か二目、大きめに編むのがコツなんだ」

と、祖母は言った。

毛糸は特別なものではなく、近所の手芸屋に売っている安物だったが、一旦《いったん》それを祖母がほぐし、素早く指に引っ掛け、銀色のかぎ針で目を作りはじめると、わざわざ尋ねなくてもすぐに、ああ、例の靴なんだ、と分かった。いつでも祖母は一晩で一足を編み上げた。男性は紺、女性は薄桃、子どもは黄、と色は決まっていた。ただし、例えば若い娘さんなら、少しヒールをつけて甲が美しく見えるようにしたり、まだ歩くのがやっとの赤ん坊なら、飛行機や蝶々《ちょうちょう》のアップリケをあしらったり、相手に応じてちょっとした手間をかけるのを忘れなかった。

一本の糸が、毛糸玉からスルスル、スルスル、と引き出されてゆく音を枕元で聞くともなく聞いていると、普段より深く眠ることができた。祖母の指と毛糸、二つが心を通わせ、ひたすら一つの形になろうとしている音だった。祖母の手の中から、恥ずかしがるように、戸惑うように、少しずつ靴は姿を現した。どんなにかぎ針が俊敏に動こうとも、靴は焦らなかった。苔を歩くのに相応《ふさわ》しい速さを心得ていた。

「さて……」

祖母は編み終わりの毛糸を始末し、首をポキポキ鳴らしてから靴の中に手を差し入れ、よりよく足になじむよう編み目をほぐした。

元々一本の毛糸だったとは信じられないくらい繊細な形を持ちながら、全部編み上がってみればそれは、奇術師が宙からつかみ出したかのようにごく自然に、祖母の両手に収まっていた。お手玉とは比べものにならない不思議な奇術だった。

遺体とはぐれてしまった靴を、私は鞄から取り出してみた。薄桃色の、少し大ぶりなサイズの靴だった。甲高で、幅もたっぷりとあり、足首のところは踝《くるぶし》の下まで立ち上がっていた。靴底を撫でると掌がくすぐったかった。苔の感触もこんなふうかもしれないと思わされた。最も重要な部分である底は、細《こま》編みと長編みの規則正しい組み合わせで形作られ、目と目の間に空気を含み、祖母の手の脂を吸い取って適度にしっとりしていた。

行き詰まったお手玉征服への道を打開するため、姪はあちこち砂地を掘り返しては新しい小石を見つけ、片手で投げ上げてお手玉に適しているかどうか確かめていた。男の子三人のキャッチボールはいつしか遠投競争になり、松林に入り込んだボールを捜し回ったり、距離の測定で小競り合いが起きたり、いよいよ白熱しているようだった。シッターは少し離れた岩場に腰を下ろし、ぼんやり湖水を見つめていた。私たちと彼ら以外、他に人影はなかった。

祖母の編んだ毛糸の靴が苔の上を歩く姿を、私は思い浮かべてみる。苔の濃い緑に埋め尽くされた中を、お見送り幼児が目配せした方向のとおりに、紺と薄桃と黄の靴は進んでゆく。編まれた時と同じ、ゆっくりとした速度を守っている。苔はみっしりと寄り添い、小さな葉一枚一枚を重ね合わせて隙間をふさぎ、懸命に水を受け止めようとしている。陽など射すはずもないのに、水滴が微《かす》かに光って見える。

一歩踏み出すのをためらうほどに、苔はつやつやしている。もしかしたら、ここを通るのは自分が初めてなのだろうか、と思い違いをする。靴の下で苔はたわみ、足の形の通りの窪《くぼ》みができる。けれど心配はいらない。茎が折れたり、胞子が潰れたり、そんなひどいことは何一つ起こらない。毛糸の一目一目が葉先をふんわりと抱き寄せ、またそっと元に戻す。

毛糸の靴は軽い。一度たわんだ苔が元に戻る時の柔らかさが伝わってきて、歩けば歩くだけいっそう足は軽やかになる。苔と毛糸の境目がだんだんあいまいになってゆく。自分の足に苔が生えたかのような錯覚さえ感じ、思わず視線を落としたりする。靴はちゃんと足を包んでいる。最後まで忠実に死者のお供をする。

「やって」

持ち上げたワンピースの裾に一杯溜《た》めた小石を、姪は一個ずつ私に手渡してきた。砂だらけの手はふやけて冷たくなっていた。

「やって」

どの小石でもお手玉ができると確認した彼女は、ベンチの上にそれを積み上げはじめた。両膝《ひざ》を地面に突き、ベンチに上半身を乗り出し、一個一個まず小石の形を眺め回してから、一番安定する箇所を探って慎重に置いていった。

「上手ねえ」

試しに私が横から一個置いてみると、いまいましそうに手を払いのけ、全部崩して最初からやり直した。

姪は祖母に余り毛糸で小さな靴を編んでもらうのが好きだった。ミルク飲み人形、着せ替え人形、抱き人形、操り人形、縫いぐるみの兎、アライグマ、ペンギン、カバ、ブロックで組み立てたお巡りさん、お姫様。とにかく足のある玩具にはすべて毛糸の靴を履かせていた。相手が何であれ、祖母の技術を持ってすれば問題はなかった。プラスチックの足、毛だらけの足、四角形の足。どんな足にもフィットする靴を編むことができた。

姪は玩具を手に入れるとまず、元々履いていた靴を脱がせた。毛糸の靴が完成するまで、決してそれで遊ぼうとはしなかった。たとえ編み目の数は少なくても、遺体用の場合と同じく、やはり一足に一晩の手間は必要だった。そうして編み上がったばかりの靴に履き替えさせて初めて、やっと本来あるべき姿に戻った、とでも言いたげに遊びはじめるのだった。

姪はどの玩具が何色のどんな形の靴を履いているか、全部覚えていた。一度私がいたずらをして、抱き人形とカバの靴を入れ替えた時は、すぐに気づき、地団駄を踏んで抗議した。私が元に戻すまで、泣き止まなかった。

「のんのさん。のんのさん」

頭や背中ではなく、姪はことさら足ばかりを撫でた。人形の両足をつかんで逆さまにし、股間《こかん》を丸出しにして靴の底に自分の頬を擦り寄せた。

「のんのさん。のんのさん」

何度もそうつぶやいて目を半開きにした。

小石の塔は積み上がっては崩れ、積み上がっては崩れを繰り返しながら少しずつ土台を固め、高さを増していった。どの小石もざらざらとして、うっすら濡《ぬ》れていた。縁が欠けて尖《とが》ったのもあれば、素直に丸いのもあった。あるいは灰色と黒が合体してまだら模様になったの、藻がこびりついて変なにおいを発するの、いろいろだった。

姪が、ここ、と定めた場所に一個を置くと、いびつな空洞がふさがり、輪郭がつながり合い、新しいバランスが出現した。小石を握る指は、まだ指と名付けてはならないほどに未熟な何かでしかないのに、石の形を隅々まで察知し、あるべき位置を探り当てることができた。空洞にきっちりはめ込み、なおかつ塔を崩さない絶妙な力の入れ加減を調整することができた。迷いも妥協もなかった。彼女にだけ見える透明な塔に、小石をはめ込んでいるかのようだった。着実に一個分ずつ塔は高くなっていった。

太陽は穏やかに湖面を照らしていた。水平線へ向かってゆくヨットの一群の手前を、白い筋を引きながら警備艇が横切っていった。そのエンジン音が遠ざかれば、あとはまた、少年たちの喚声と、時折魚が水面《みなも》を跳ねる音が聞こえるばかりだった。

一度だけ公園の中にあるレストランで、その魚のバター焼きを食べたことがあった。鱗《うろこ》のない体は溶けたバターでぬるぬるとし、内臓は苔の味がした。脂に透けて見えるオレンジ色の斑点《はんてん》模様は、エビのカクテルのせいでできたいつかの蕁麻疹によく似ていた。私は身と斑点模様と内臓をフォークの先でぐちゃぐちゃに混ぜ合わせ、姪の口へ運んだ。

光が明るすぎるせいなのだろう。湖面は透き通っているのに、跳ねた魚はすぐに深みへと潜って姿が見えなくなった。何かの加減で揺らめく水草が波間に映る時もあったが、底までは見通せなかった。湖面はどこまでも果てしなく平らだった。公園の入口に立つ看板に、最も深い場所で281メートル、と書いてあったのを思い出した。今、目の前を覆い尽くしているこの平らな表面の下に、どうやったら281メートルの世界を隠せるのか、見当もつかなかった。

「見て」

姪が晴れやかな声を上げた。

「ほら、ほら、見て」

手を叩《たた》きながら、その場で飛び跳ねた。ワンピースのギャザーの中に集めた小石は全部なくなり、裾が波打ちながら円を描いていた。いつの間にか塔が完成していた。

ベンチの中央、湖を望む絶好の位置にそれはそびえていた。てっぺんを飾る最後の一個は、姪によって初めからその役目を定められていたのだろうか。最も目立つ名誉ある一点で、美しいバランスを誇示していた。姪がどんなに地面を踏み鳴らしても、湖面からどんなに強い風が吹き抜けても、塔は揺らがなかった。手違いのためはぐれてしまった遺体に、私たちの居場所を知らせるための、印のようだった。

バスの時間が来るまで、丘の中腹にある見晴台に登った。上から見下ろすと湖はますます明るさを増し、見晴台に着いた時にはすっかり透明になっていた。私たちは手をつなぎ、柵《さく》の際に立った。釣り人が並ぶ橋と、相変わらず途中で立ち消える岸と、ついさっき塔を完成させたばかりのベンチが見えた。

湖面の色は刻々と移り変わった。青と水色と緑が帯状になり、風向きによって重なり合い、また分かれていったが、どの色も透き通っていた。

「あそこ」

姪が入り江の突端あたりを指差した。遠い昔に沈没した船の影だった。横たわる動物の骨のように、残骸《ざんがい》が水面に映っているのだった。

「あそこ」

続けて姪は左側の岸の付近を指差した。

「あそこ」

そこかしこに姪は船を見つけた。一年のうち、水が澄む季節のほんの数日だけ、それらが湖面に姿を現すのを私たちは知っていた。手漕《こ》ぎのボートもあれば、漁船もあった。あるものはばらばらに散らばり、あるものはかつての形を留《とど》めたまま、湖底の砂に半分埋まっていた。その間を魚たちが素知らぬ様子で自在にすり抜けていた。風が吹いて水面がうねると、船の影も一緒に揺らめいた。

「あそこ」

次々と姪は、揺らめきの合間に影が濃くなる一瞬をとらえ、その指先を沈没船に向けた。

「麗しい乙女、名もなき老翁、心清らかな童……」

彼女の指先に合わせ、私はつぶやいた。

「一凡人、若人、隠者、慈母、詩人……」

いくらでも船は沈んでいた。誰に引き揚げてもらうこともかなわず、祈りを捧《ささ》げられることもなく、忘れ去られたままただ朽ちてゆくばかりの船だった。


丘を降りると、ボール遊びをしていた男の子三人がベンチに座っておやつを食べていた。掌ほどもある、レーズンの入った美味《おい》しそうなクッキーだった。彼らの足元に、土台もてっぺんを飾っていた小石もごちゃごちゃになった塔の残骸が、クッキーの欠片《かけら》とともに散らばっていた。

姪は声を上げて泣いた。岸を伝い、湖面を滑り、水平線まで響いてゆくほどの泣き声だった。三人は手を止め、口の周りに茶色い粉をつけたまま、まるでその声に魅入られたかのような表情で、姪と残骸の両方を交互に見比べた。

たちまち姪の瞳は涙で盛り上がり、涎《よだれ》が垂れ、唇がひび割れて血がにじんできた。ほどけたリボンは髪に絡まり、だらしなく背中に垂れ下がっていた。涙と涎と血で濡れた指の間から、震える舌が覗《のぞ》いて見えた。葬儀場であんなに完全だったワンピースがすっかりくたびれているのに、ようやく私は気づいた。ギャザーは潰れ、胸元はアイスクリームの染みでべとつき、靴下は砂まみれだった。どうしていいか分からずぼんやりしている私の前で、崩れた塔だけが、もはや取り返しはつかないという確かな姿を晒していた。

その時突然、短く不穏な音がして、私は後ろを振り返った。それがシャッター音だと分かるまで、一瞬時間がかかった。男の子三人のシッターが、首からぶら下げた箱型のカメラを覗き込み、背中を丸めてこちらにレンズを向けていた。ちょうど彼女の両手に収まるくらいの、長方形のカメラだった。捻《ね》じれた黒い革紐が首に食い込んでいた。

「あっ」

誰かが短く叫んだ。男の子たちの一人だったかもしれないし、もしかすると私自身の声だったかもしれない。次の瞬間、カメラを覗いたまま後ずさりしていたシッターが水際の深みに足を取られ、よろめいて跪《ひざまず》いた。

「大丈夫？」

咄嗟《とっさ》に三人はクッキーを放り出し、彼女のもとへ走り寄った。

今まで目礼するだけで言葉を交わしたことはなかったが、改めて見ると女は古風なスタイルのスーツとは不釣り合いに意外と若く、私よりずっと大柄だった。

かえていた。


「怪我は？」

「冷たくない？」

「僕、ハンカチ持ってる」

男の子たちは代わる代わる声を掛けていた。スカートが太ももに張り付き、膝から下がびしょ濡れだった。女は動揺を見せず、慌てもせず、ただカメラを胸元にしっかり抱きかかえていた。

女は紐をほどき、革靴を脱いだ。中から湖水がしたたり落ちてきた。濡れた足は白く、あまりにもむき出しで、彼女の太々《ふてぶて》しい表情とは裏腹に心もとなげだった。男の子三人のうち一人はふくらはぎに張り付いた水草を取ってやり、もう一人は革靴をベンチまで運び、一番小さい子はハンカチを探してズボンのポケットをごそごそさせていた。

「もしよかったら、これを」

私は毛糸の靴を女に差し出した。

「たぶん、あなたに合うと思うんです」

女は素直にそれを受け取り、立ったまま足を滑り込ませた。死者のために一目か二目余分に編まれたそれは、私の予言どおり女の足にぴったりだった。瞬く間に湖水を吸い込み、甲と踵《かかと》と足裏をふんわりと包み、隅々まで無理がなかった。その薄桃色は、古風すぎるスーツに軽やかな彩《いろどり》を与えた。崩された塔を写したカメラとともに、どこまでも歩いてゆけそうだった。

「どうぞ、ご遠慮なく。あなたに差し上げます」

そう言って私は姪の手を取った。ようやく泣き止んだ姪はワンピースの袖口《そで》で涙を拭い、濡れた瞳で目配せをした。私たち二人はバスに乗るため、湖を後にした。

Vivian Maier

ヴィヴィアン・マイヤー（1926-2009）

ニューヨークシティ生まれ。生涯の大半をニューヨークとシカゴで住み込みのナニー（乳母）として送りながら、膨大な写真を撮るも、生前、一枚として発表することはなかった。プリントさえされないまま、貸倉庫や物置に残されたネガは10万点を超える。競売場で偶然そのネガを手に入れた若者、ジョン・マルーフによって初めて写真が公開されると、ネット上で評判が広がり、展覧会の開催や写真集の出版、ドキュメンタリー映画の公開などで、大きな反響を呼ぶ。

彼女に世話をされたかつての子どもたちは、楽しい思い出を語ると同時に、町で置き去りにされる、宝物をアンモニアにつけられる、わざといやらしい言葉を聞かされる、など屈折した記憶を隠し持ってもいる。しかし晩年、住み込みのナニーができなくなった彼女に救いの手を差し伸べ、アパートの家賃を負担したのは、かつての子どもたちだった。

Stuffed Pimientos and a Mattress
In the memory of the United States Men's National Volleyball Team
for the Barcelona 1992 Olympic Games

第　七　話

肉詰めピーマンとマットレス

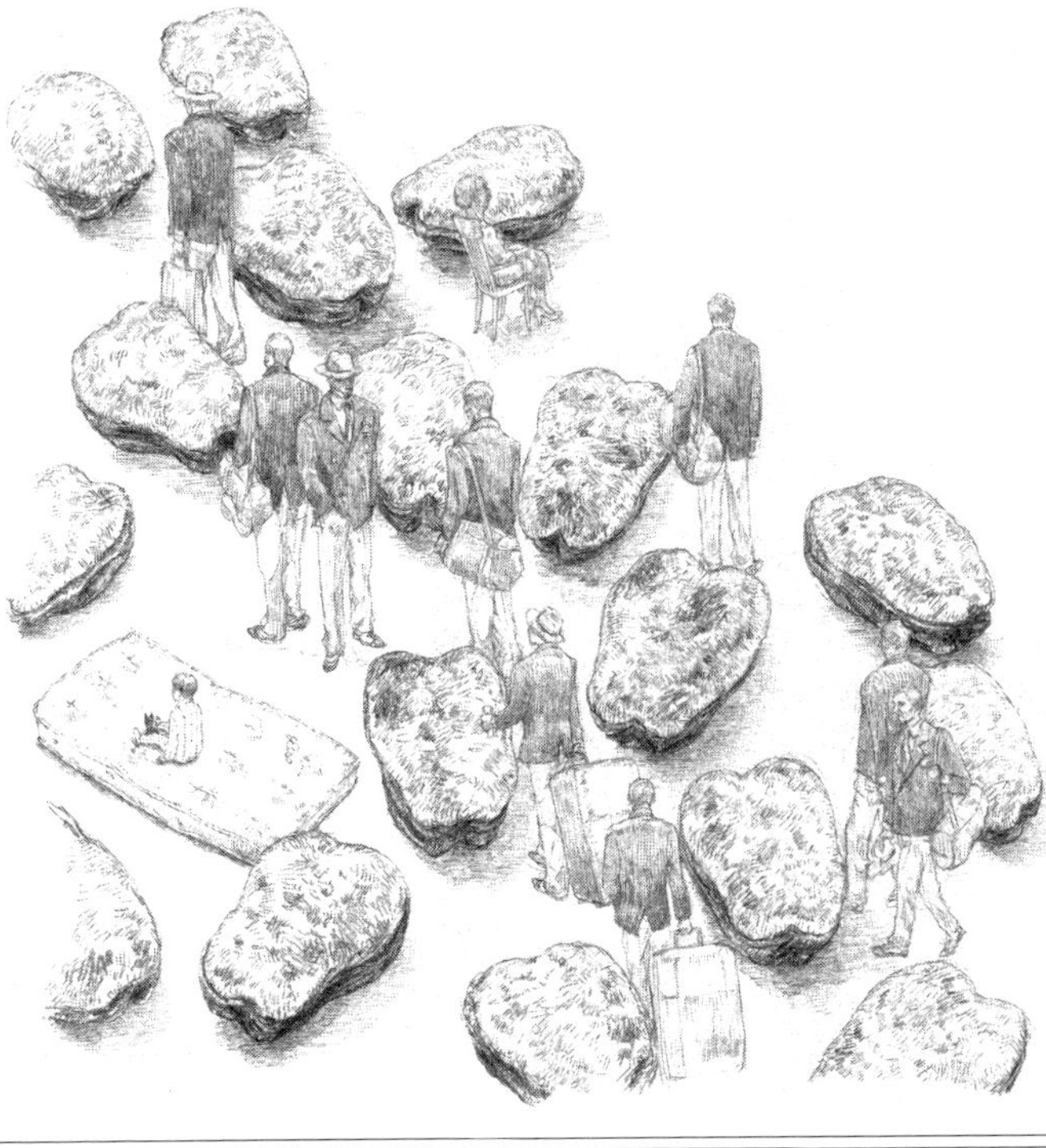

夜はなかなか更けなかった。いつまでたっても窓の外は薄ぼんやりとしたままだった。やはりホテルを予約した方がよかったのではないかと、内心私は心配になりはじめていた。しかしRは平気な様子で椅子を壁際に移動し、荷物を洗面所に押し込めてどうにかスペースを確保すると、大家さんから借りてきたというマットレスを台所の床に広げた。

「ほら、このとおり」

Rは言った。

「窮屈じゃない?」

「全然。これで問題なし」

マットレスは床を大方占領し、半分近くは食卓の下に隠れていた。中身はすり減り、四隅は破れかけているものの、カバーは清潔で気持ちよく糊《のり》がきいていた。Rが横たわると、かくれんぼをしている子どものように、食卓の脚の間から顔だけが覗《のぞ》いた。

「明日、学校は何時から?」

私は尋ねた。

「七時半くらいかな。授業は九時からだけど、その前に自習室で勉強したいんだ」

「そう」

「僕に構わずゆっくり寝たらいいよ。時差ぼけは辛《つら》いからね」

Rはタオルケットにくるまった。

「うん。おやすみ」

「おやすみなさい」

換気扇が壊れているせいだろうか、台所にはついさっき二人で食べた袋菓子とメロンの匂いがまだ残っていた。

私はRの寝室で眠った。目が覚めたのは午前四時前で、それからはもういくら目をつぶっても眠れなかった。いつの間にかカーテンの向こうは暗がりに包まれ、本物の夜が訪れていた。これが時差ぼけというものなのか、久しぶりにRと会って気分が高ぶっているせいなのか、自分ではよく分からなかった。

台所同様、寝室も狭かった。ベッドと壁の間はスーツケースを広げるゆとりもなかった。勉強机には私の理解できない言葉で書かれた本が、何冊も積み上げられていた。Rを起こさないよう、私はそっと起き上がり、ベッドの端に座ってカーテンの隙間から外を眺めた。夜の底にぽっかり取り残されたような正方形の中庭は、月に照らされて案外明るかった。クローバーが生い茂り、空の植木鉢が転がり、伸びすぎたオリーブの枝が闇に紛れていた。

所々、アパートの窓にオレンジ色の灯《あか》りが見えたが、人の姿はどこにもなかった。夕方、大家さんが座っていた肘《ひじ》掛け椅子が、井戸の脇で傾いていた。

壁の向こうから寝返りを打つRの気配が伝わってきた。寝言とも咳《せき》払いともつかない声が時折混じっていた。Rはよく扁桃腺《へんとうせん》を腫《は》らす子どもだった。扁桃腺に白い膿《うみ》がたまり、高熱が出て、夜になるとうなされた。悪化すれば腎臓《じんぞう》をやられます、と言って救急の小児科医は脅した。わずかな異変を察知するため、私は眠っていながら眠らないでいる技を身に着けた。ごそごそという衣擦《きぬず》れの音がする前、うめき声が漏れる寸前の、一瞬の空白を合図にして目を覚まし、乱れた布団を直したり胸をさすったりした。

「あれ、あそこ……」

夢うつつでRは部屋の片隅の一点を見やった。そこにはただ暗闇があるばかりだった。腕には彼の一番の相棒、猫の縫いぐるみがしっかりと抱かれていた。薬屋の景品でもらった、三角の耳だけが目立つ、痩《や》せっぽちの縫いぐるみだった。熱がある夜、彼の声は愛らしさを増し、そのことが私を一段と不安にさせた。

「あれ、とって……」

暗闇の一点にのばされた指先は痙攣《けいれん》していた。とって、が取り去ってくれ、という意味なのか、ここへ持ってきてくれ、という意味なのか、あいまいで心細かった。声がより幼くなるのは、あれ、に気に入られようとする願いの表れかもしれない、と思ったりした。

私たちは二人きり、同じ片隅を見つめた。あれ、に気配を悟られないよう息を殺し、R

の肩を抱き、二人の隙間を縫いぐるみで埋めて一つの黒い塊になった。そうして夜が明けるのを待った。

翌朝、Rはメロンの残りとパンだけを食べ、自習室が開く時間に合わせて慌ただしく出て行った。最後の最後まで、スリと置き引きとひったくりに気をつけるよう、同じ注意を繰り返していた。私は食器を洗い、コンロをクレンザーで磨き、洗面所の籠《かご》に押し込められていた肌着を手洗いして浴室に干した。他に何かしておくべきことはないかと部屋を見渡したものの、勝手が分からずにもたもたするばかりで、結局、町へ出て観光する以外、アイデアは思い浮かばなかった。

あらかじめRが作って用意していた観光のための手引書は完璧《かんぺき》だった。レポート用紙十枚以上にも及ぶそれには、町の名所を巡るベストなルートが数パターン示され、バスと地下鉄の切符の買い方から、降りるべき駅の名前、入場料金、カメラの撮影ポイント、昼食に適切な店とお薦めのメニュー、チップの計算方法、公衆電話の掛け方、両替所の位置などなど、あらゆる情報が書き込まれていた。特に重要な部分（警察の番号やアパートの住所）は蛍光ペンでアンダーラインが引かれ、図解も交じり（切符売場と公衆電話のボタンの配列）、アパート周辺の地図には所々矢印が引っ張ってあって小さな字で書き込み（〃特に夕暮れ時、気持ちのいい公園〃、〃親切な小父《おじ》さんのいる八百屋〃、〃鐘の音が綺麗《きれい》な教会〃……）がされていた。

これを読んでいれば、一時間でも二時間でもすぐにたってしまいそうだった。その方が実際に観光名所を見学するより楽しいような気もした。最後のページをめくると、中央に一本縦棒が引かれ、特に必要と思われる例文が左側に、それを訳したものと、カタカナに直した発音が右側に列挙してあった。『トイレはどこですか』、『お勘定をお願いします』、『パスポートを盗まれました』、『助けて下さい。緊急事態です』。

外国の言葉を綴るRの筆跡は、とても大人びていた。頼もしくもあり、よそよそしくもあった。私の知らない言葉を彼が操っているということが、不思議だった。彼の頭の中で何か特別な成長が起こったのに、自分一人その瞬間を見逃してしまったような感じだった。まだ喋《しゃべ》れない孫に文字の入った積み木を贈ってくれたのは、主人の両親だった。Rはそれを気に入って一人でよく遊んでいた。［くるま］、［かいじゅう］、［とのさまばった］。私が単語にして並べるやいなや、威勢よく崩して雄叫《おたけ》びを上げ、独自の言葉に作り変えた。［るくま］、［いゅかじう］、［ったばのまさと］。離婚して家を出る時、積み木は置いていった。Rは片手で猫の縫いぐるみを抱き、片手で私の手を握った。残された私のもう片方の手だけでは、すべての言葉を抱えて運び出すのは無理だった。

どこもかしこも町は素晴らしかった。アパートの玄関を一歩出た、目の前の通りにある郵便ポストでさえ新鮮だった。最初、Rは学校を休み、町を案内しようと計画を立てていたらしいが、そんなことは最初から望んでもいなかった。

女子大学の事務室に庶務係として勤めながら、子どもと二人つましい暮らしをしてきた私には、海外旅行など縁がないと決めつけていた。ところが思いがけず勤続三十年のご褒美に特別手当を支給してもらい、その海外旅行が実現したうえに、久しぶりにRと会えたのだから、それでもう十分だった。観光名所を巡ってはしゃいでいては、罰が当たるのではないかと思った。にもかかわらずやはり定番の箇所を忠実に見学して回ったのは、手引書がどれほど至れり尽くせりであるかを、味わいたいからかもしれなかった。

夏の盛りで、空は晴れ渡り、日差しが眩《まぶ》しかった。私は手引書にあるとおりに行動し、書かれていない余計なことはしないよう注意した。地下鉄の階段で、長い橋の途中で、広場の木陰で、気がつくとすぐ四つ折りにした手引書をポシェットから取り出して広げ、自分が間違っていないか確認した。美術館、修道院、宮殿、植物園、大聖堂。いくらでも名所はあった。どれもが想像していたよりずっと立派で厳かで尊く、文句のつけようがなかった。お昼は提示された三パターンのうちから一番手っ取り早そうなのを選択し、大聖堂の裏口近くにあるスタンドでサンドイッチを買い、川沿いのベンチに座って食べた。幾人もの人々がベンチの前を通り過ぎていった。誰もが私に通じない言葉を喋っていた。この町で私が知っている人間はRただ一人きりだった。塩辛いハムのサンドイッチを食べながら、その事実をかみ締めた。しかしちっとも寂しくはなかった。むしろ逆だった。行き過ぎる見知らぬ人々に向かい、口元に笑みを浮かべ、大きな声で「Rただ一人きりだ」と叫びたい気分だった。

夕方になっても日差しの強さは衰えず、涼しくなる気配は見えなかった。一日分の予定を全部こなし、歩き疲れてアパートまで戻ってくると、中庭に座っていた大家さんが不自由な足を引きずって近づいてきた。最初は何か文句を言われるのかと思って身構えたが、青く透き通った目の表情から、すぐに敵意はないのだと分かった。きちんとした身なりの、大柄な老婆だった。七分袖《そで》のワンピースに真珠のネックレスを着け、暑いのにストッキングを穿《は》き、持ち手に色とりどりのガラス玉が埋め込まれた杖《つえ》を突いていた。とにかくマットレスのお礼を言わなければと、私はひたすら「マットレス、マットレス」と繰り返した。通じているのかいないのか、大家さんは構わずジェスチャーを交えながらずっと喋り続けていた。私に聞き取れるのはただ、時折登場するRの名前だけだった。

大家さんは杖の先で四階のRの部屋を指し、一人うなずき、汗ばんだ私の背中に腕を回してとんとんと叩《たた》いた。カールした白髪が頬に触れてくすぐったかった。

「ええ、はい、マットレス、マットレス」

私は言った。大家さんは一段と深くうなずいた。あらゆるものを肯定するうなずきだった。

長い旅をしてここまでやって来たことを、この人は褒めてくれているのだ、と思った。意味は分からなくても、きっとそうなのだと思うことにした。

夜は眠くなるまで食卓に並んで座り、Rと一緒にテレビを観た。小型で旧式のテレビは、スペースの都合上、天井と壁の角に据え付けられていた。ボリュームを上げると、ジリジりという異音がした。

私の左隣にR。これは、家にいた時と同じ並び方だった。聞こえる方の耳をテレビに向け、聞こえない方の耳を私に向ける。私に話し掛けられた時は、体をねじって首を傾ける。

幸いにもオリンピックの最中だったので、何の競技であれ試合の中継にチャンネルを合わせておけば、だいたい私にも理解できた。ドラマやニュースと違い、いちいち通訳してもらう手間が省けた。ちょうどカヌー競技が放送されていた。滑り台状になったスタート地点から、カヌーに乗った選手たちが順に、恐ろしいほどの急流へと漕《こ》ぎ出していった。カヌーは先端が尖《とが》り、イルカのようにつるつるしていた。腰から下をその中へ押し込め、カヌーと一体になった彼らは、定められた関門を通過するため、両腕だけを頼りに懸命にパドルを動かしていた。岩にぶつかって沈みかける選手もいれば、白い渦の中でいつまでも体勢を立て直せない選手もいた。

「山脈からの、雪解け水らしいよ」

Rが言った。

「だからあんなに急で、冷たそうなのね」

「ポールに触れると減点だって」

「案外厳しいわね」

「結構、根気のいるスポーツだ」

地元の選手がいいタイムを出したのだろうか。アナウンサーの声が熱を帯びていた。

ようやく日がかげりはじめ、開け放した窓からほんの少し涼しい風が吹き込んでいた。住人たちのお喋りや、笑い声や、食器のぶつかる音が外壁に反響し、中庭で一つになり、風に乗って耳に届いてきた。既に大家さんの姿はなかった。

中庭からの音はRに聞こえているのだろうか。どんな種類の音であれ、ついそう考えてしまう癖はいつまでたっても直らなかった。片方だけの耳で聞く世界がどんな様子になっているのか、思い巡らすのをやめることができないのだった。私はRの耳を見つめた。耳殻に沿って顎《あご》までのびる手術の痕《あと》は、もうほとんど消えかかっていた。

「こんなに早口でも、何を言ってるか分かるの?」

私は尋ねた。

「こっちに来て、丸一年だからね。そろそろ慣れないと」

Rは答えた。

「それに、そう複雑なことを喋ってるわけじゃない」

「へえ」

「分かるかどうかなんて、大した問題でもないよ。ただ単に、分かるってだけの話だよ」

Rはこちらに向けていた左耳をテレビの方に戻し、私がスーツケースに詰め込んで持ってきた袋菓子をつまみ、お茶を飲んだ。

積み木などなくてもRはすぐに言葉を覚えた。学校へ上がる前に、自分の名前も住所も数字も全部書けたし、絵本を上手に音読することもできた。特にお気に入りなのは、いとこ同士の七匹の虫が、力を合わせて意地の悪い黒い虫を退治するお話だった。虫たちは胴体が二つにくびれ、先端が二股《ふたまた》になった六本の脚を持ち、影なのか皺《しわ》なのか区別のつかない微《かす》かな目をしていた。たちまちRは全文を正確に覚えてしまったが、口先だけで暗唱するのではなく、いつでもゆっくりページをめくり、一字一字目でたどりながら読み上げていった。まるで一個でも間違えたら台無しになることを知っていて、慎重に積み木を並べてゆくかのような読み方だった。

途中、必ず手を止めて見入る絵が二枚あった。考え深い黄色い虫が二匹、葉っぱに座って後ろ姿を見せている絵と、黒い虫を押し潰《つぶ》した石に、死体の入った封筒が立て掛けられている絵だった。そこのページになると、黄色い虫が眺めている方向に視線を重ねて自分も同じものを見ようとし、邪悪な黒い虫が間違いなくぺしゃんこになっているかどうか確かめるために、封筒を撫《な》でた。

年度末の忙しい時期だったと思う。仕事が長引いた上に大雨で電車が遅れ、慌てて保育園に迎えに行くと、一人残されたRが園長先生に抱っこされ、待っていた。

「おめめに、嵐が来たよ、おめめに、嵐が……」

私の顔を見るなりRは、目尻《めじり》に溜《た》まった涙を震わせ、濡《ぬ》れた睫《まつげ》毛で瞬《まばた》きしながら言った。涙がこぼれ落ちないよう、用心しながら微笑もうとしていた。家に帰り着くまでの間、レインコートのフードから垂れる水滴で、涙は雨と区別がつかなくなっていた。

着替えをする間も惜しんで夕食の用意をしている時、寝室からRの声が聞こえてきた。

ドアの隙間を見やると、ベッドのヘッドボードにもたれ、投げ出した両脚の間、丁度自分の真向かいになるところに猫の縫いぐるみを座らせ、虫の絵本を読んで聞かせていた。細長い脚と柔らかすぎる胴体のせいで、縫いぐるみは今にもひっくり返りそうになりながら、どうにかお座りの体勢を保ちつつ、三角の耳だけはしっかりRの方に向けていた。

ページをめくる合間、Rは視線を縫いぐるみに送り、彼が退屈していないか、ちゃんとお話に夢中になっているか、確かめていた。心配は無用だった。ピンと尖った耳を見れば、縫いぐるみがどれだけ朗読を一生懸命聴いているかは明らかだった。耳の内側を覆う白いフェルト生地は、柔らかく滑らかに毛羽立っていた。

Rは芝居がかった大げさな読み方はしなかった。余計な飾りを付け加えず、その文字のありのままを発音した。例のページに差し掛かると、少し間を取り、ここはお話の大事なポイントなんだ、という無言の合図を縫いぐるみに送った。

「おわり」

自分の声の名残が全部消えてなくなるのを待ってから、Rは絵本を閉じた。

「意地悪な黒い虫はちゃんとぺっしゃんこになったよ」

ビーズでできた縫いぐるみの目を覗き込んで、Rは言った。

「封筒に入るくらいのぺっしゃんこだ」

熱があるのだろうか、と私は心配になった。扁桃腺が腫れた時と同じ、潤んだ声になっていたからだった。

「もうすぐ黒い虫のママがお迎えに来る。封筒にあて先が書いてあるからね。あとちょっとの辛抱だ」

Rの髪も睫毛もまだ濡れていた。相変わらず縫いぐるみは耳を立て、お利口にお座りしていた。

いつの間にか画面はカヌーからウエイトリフティングに切り替わっていた。ずんぐりした男たちが筋肉に血管を浮き上がらせ、腋毛《わきげ》を露《あら》わにして赤い重りを持ち上げていた。白いランプが点灯して彼らが喜ぶたび、両手から白い粉が舞い上がった。

「そろそろ寝ようか」

私は言った。

「うん」

私たちはテレビのスイッチを切り、一緒に椅子を移動し、壁に立て掛けてあったマットレスを敷いた。窓を閉めるとたちまち部屋は静かになった。

ほどなく、日中、手引書とともに町を歩き、夜はオリンピック中継を観るパターンが定着した。オリンピックの日程が進むとともに、滞在予定日数も消化されていった。折り返し地点を過ぎたところでRは新たな提案をしてきた。郊外のお城を巡るツアー、川下りのクルーズ、オペラ鑑賞などで、いまにも新しい手引書を作成しそうな勢いだった。

しかしとりあえず観光は一休みし、少しは自分がここへ来た成果を残すため、栄養のあるおかずをこしらえて冷凍しておくことにした。Rの好物は肉詰めピーマンだった。それこそ緑黄色野菜とタンパク質を同時にとれる、ベストのメニューだった。

ところが、目をつぶってもできるほど何度も作ってきたはずなのに、言葉の違う場所に来ただけでなぜか手順が狂い、何もかもが上手《うま》く運ばなかった。端から端まで市場を歩いても、肉は大きな塊ばかりでミンチがなく、〝親切な小父さんのいる八百屋〟で探したピーマンは、緑以外に黄や赤があるのはいいとして、やはりどれも巨大で繊細さに欠けていた。包丁の切れ味は悪く、ガスコンロの火力の調節はなかなか勘がつかめず、フライパンは重すぎた。あれがないこれがないと狭い台所を右往左往し、失敗を重ね、自分なりに工夫を凝らして斬新《ざんしん》な方法を編み出した。その合間に引き出しの中を整頓《せいとん》するのも忘れなかった。

コンロの口は一つしかなかった。詰めては焼き、詰めては焼き。ひたすらその繰り返しだった。換気扇は相変わらず壊れたままで、部屋中に熱が籠《こも》り、全身汗びっしょりになった。気が付けばあっという間に午後は過ぎていた。

肉屋に正しいグラム数が伝わらなかったのと、親切な小父さんがピーマンをずいぶんおまけしてくれたおかげで、ありったけの皿全部を埋め尽くしてもまだ余るほどの肉詰めが完成した。これだけあれば数か月は賄えそうだった。

それらが冷めるのを待ち、ラップにくるんでいざ冷凍しようという段になってようやく、私は冷蔵庫に冷凍室が付いていないのを発見した。中に顔を突っ込み、奥と側面に手を這《は》わせ、卵ケースを取り出したり温度調節のつまみを回したりしてみたが、冷凍室はどこからも現れなかった。

たとえ冷凍できなくても、冷蔵庫に入れておけば明後日《あさって》くらいまでは腐らないだろう。しかしいくら好物とはいえ、Rの食べられる量にだって限度はある。私は改めて台所を見回した。調理台から食卓、ワゴン、食器戸棚の上まで、ずらっと一面肉詰めピーマンだった。どれもが皆お行儀よく、ピーマンの側を下に、肉の側を上に向けて並んでいた。ボリュームたっぷりで、丸々として、中庭からの日差しを受けてテカテカと光っていた。もうどこにも余ったスペースはなかった。玉ねぎと肉汁の匂いを吸い込んだマットレスは、壁際のいつもの位置に、遠慮するようにもたれ掛かっていた。窓の向こう、中庭の井戸のそばに、肘掛け椅子に腰かけてうつらうつらする大家さんの姿が見えた。

「これ、あの、もしよかったら……マットレスのお礼に……」

肉詰めピーマンが載った皿を差し出した時、最初のうち大家さんは戸惑っていたが、すぐに気持ちよく皿を受け取ってくれた。こういう料理はこの町にはないのだろうか。珍しそうに眺め回しながら、しきりにずっと喋り掛けてきた。

「ええ、どうぞ、いいんです。こちらもマットレスをお借りしましたから、マットレスを……」

私は再びマットレス、マットレスと繰り返す羽目になった。本当は作りすぎたものを押し付けているだけで、半分嘘をついているも同然なのだが、そんな込み入った事情を説明できるはずはなく、結局私が口にできるのはマットレスの一言だけなのだった。

にもかかわらず大家さんは大喜びし、杖を放り出して皿を両腕で抱え、すべてを受け取り、納得する例のうなずきを見せた。


冷凍室よりもっと重大なものがない、ということに気づいたのは、大家さんと別れ、残った肉詰めピーマンを冷蔵庫に仕舞い、フライパンもまな板も包丁も全部綺麗に洗い終えて一息ついた時だった。買い物に下げていったポシェットのファスナーが、中途半端に開いているのが目に入った。なぜか妙な気持ちになった。買い物から帰ったあと、ずっと椅子の背もたれにぶら下がっていたはずのそれが、何の前触れもなく目の前に立ち現れてきた感じだった。

私はファスナーの中に手を差し入れた。財布はあった。お金もそのままだった。なのに、手引書がなくなっていた。

私はあてもなくアパートを出た。もしかしたら道端に落としたのかもしれないと思いつつ、一方では見つかるはずはないと分かってもいた。とにかく部屋に一人でいるのが嫌だった。肉詰めピーマンの匂いをこれ以上かぎたくなかった。

もう一度市場まで足を運び、中を一周し、八百屋さんの前まで行ってみたがお店はもう閉まっていた。あとは足の向くまま、好き勝手に歩いた。大通りから広場を抜け、橋を渡り、川沿いに進んでまた橋を渡り、こちら側へ戻ってきた。迷子にならないよう常にアパートを頭の中の中心に置いて、その周囲をくねくね歩き回った。そうして小さな公園に迷い込み、疲れてベンチに腰を下ろした。ああ、ここは手引書にあった、〃特に夕暮れ時、気持ちのいい公園〃だとすぐに分かった。Rの筆跡も矢印の形もありありと浮かんできた。色とりどりで、丁寧で、ユーモアと心配する心に満ちた一枚一枚がよみがえってきた。『助けて下さい。緊急事態です』。今こそその一行を誰かに指し示す時だった。しかし、広げて見せるべき手引書がないのだった。

たぶんお札と間違われ、舌打ちと一緒に破り捨てられたのだろう。どうせならお金の方を取ってほしかった。私は背中を丸め、一つ長い息を吐き出した。マットレスと同じように自分の体からも肉詰めピーマンの匂いが漂っている気がした。

緩やかにカーブした路地の突き当たりにある公園だった。世界のあらゆる片隅に潜んでいるだろう、何の変哲もないという以外、他に表現のしようのない公園だった。噴水も花壇も遊具もなく、錆《さ》びついたベンチが二つ三つ置かれているばかりで、殺風景な建物の裏側に取り囲まれていた。時折路地に入ってくる人々も、そんなところに公園があるとは気づきもしないまま、足早に素通りしていった。

ただ真ん中に一本、かなり大きな楡《にれ》の木が生えていた。実に素直な樹だった。幹は太く、地面に近いところから枝が張り出し、のびのびとした樹形を描いていた。葉は豊かに茂り、木陰は濃く、枝を揺らす風は心地よかった。繁みの中を飛び交う小鳥たちのさえずりのおかげで、大通りのざわめきは遠くに霞《かす》んでいた。

もう夜と言っていい時刻だったが、太陽はまだ沈んでおらず、日差しはちょうど夕暮れ時の色合いを帯びていた。真正面にそびえる楡を見上げれば、梢《こずえ》の輪郭が少しずつ陰ってゆくのが分かった。どんな微かな風にも葉は翻り、そのたび、枝の奥に残っていた昼間の光がきらめきながら溶けていった。明るさと影の境目がぼんやりとし、穏やかな空気があたりを満たしていた。いつしか汗は乾き、鼓動も鎮まっていた。木陰と緑の匂いが私を包んでいた。

その時、どこからか鐘の音が聞こえてきた。咄嗟《とっさ》に手引書の一ページにあった、〝鐘の音が綺麗な教会〟の一行を思い出し、ベンチから立ち上がって背伸びをした。しかし空には楡の枝と、流れてゆく雲が見えるばかりで、教会の姿はどこにもなかった。それは路地を吹き抜け、楡の幹を伝い、空の高いところへ、高いところへと吸い込まれていった。ただ残響だけがいつまでも鼓膜を震わしていた。決して高らかにというふうではなく、素朴で控えめで、どこかたどたどしくさえあった。夕暮れ時、Rが片方の耳で聴いている鐘の音だった。

Rの耳が聞こえなくなったのは、十八の時、通学途中、車にはねられて頭を強く打ったせいだった。勤務先に電話を掛けてきた脳神経外科病院の人は、「息子さんが事故に遭ったので、ICUまですぐ来て下さい」と言った。

「ひどいのでしょうか」

私は尋ねた。

「さあ、分かりません」

そんなことを自分に聞かれても迷惑だ、という口振りだった。

病院へ着くまでの間、ずっとその人の口調が耳にこびりついて離れなかった。たとえ私が尋ねる相手を間違えていたとしても、もう少しいたわりを見せてくれたっていいじゃないか。Rが事故に遭ったことより、電話を掛けてきた相手の態度の方がずっと理不尽に思えてならなかった。心配ではなく、怒りが私を捕らえていた。

ＩＣＵの控室で私は手術が終わるのを待った。頭蓋骨《ずがいこつ》が折れ、脳が傷つき、耳の骨がずれてリンパ液が漏れているらしく、そうしたもろもろを修復するための手術だった。部屋には私以外、他に誰もいなかった。既に怒りは消え、代わりにこみ上げてきたのは、見ず知らずの誰かに的外れな質問をして怒らせてしまうような私だからこそ、Ｒはこんなことになったのだ、という罪悪感だった。そう考えればいくらでも事故の原因に心当たりがあった。朝、玄関で呼び止めたりしなければ、あんな場所にマンションを借りなければ、違う高校へ行かせていれば、朝ご飯をもっと手早く用意していれば、私が母親でなければ……。

手術は長い時間かかった。私の足元に黒いビニール袋が一つ置かれていた。Ｒの洋服や靴やマフラーや教科書や腕時計や、私物を一まとめにして押し込んである袋だった。口を開けて中を覗くと、ガソリンのにおいがした。シャツについた血の痕と、ひび割れた時計の文字盤が見えた。

控室に窓はなく、明かりは頼りない蛍光灯が一つきりだった。私は部屋の片隅の暗がりに目を凝らした。あれ、がRを連れ去りに来ないよう見張った。ぺしゃんこになった黒い虫のママが、早く迎えに来るよう祈った。Rの声を聞き取る縫いぐるみの耳が、今でも滑らかに毛羽立ったままかどうか、指を這わせて確かめた。

「どうしたの、こんなところで」

声のする方を振り返ると、公園の入口にRが立っていた。

「心配して捜したよ」

「ああ、ごめん、ごめん」

いつしか鐘の音は止《や》んでいた。楡の緑は夕闇に覆われ、空の真ん中には橙色《だいだいいろ》の月が昇っていた。

「早く帰って、肉詰めピーマン食べようよ。お腹ぺこぺこ」

Rが言った。

旅の最後の夜、テレビでは閉会式が放送されていた。漆黒の夜空に包まれる中、丘の上にある競技場はスタンドもフィールドも人に埋め尽くされ、色とりどりの照明に照らされていた。旗がたなびき、花火が打ち上げられ、拍手と音楽が沸き起こった。聖火はまだ勢いよく燃えていた。

「知らない国がいくらでもあるわねえ。オリンピックのたびにいつもそう思う」

「うん」

「だいたい、いつ頃のオリンピックから記憶にある？」

「えっと、どうかなあ……」

「ミュンヘンは？」

「全然覚えてない」

「じゃあ、モントリオール」

「ああ、分かるよ。ほんの少し。コマネチとか」

「そうねえ。そのあと、ボイコットもあったし」

「うん」

私たちは大家さんにもらった甘いお菓子を食べ、お茶を何杯もお代わりした。レモン風味の砂糖でコーティングされたケーキで、Rの説明によれば大家さんの故郷の伝統菓子のようだった。

「大家さん、喜んでたよ。肉詰めピーマンがよっぽど気に入ったらしい」

テレビの画面に顔を向けたまま、Rは言った。

「よかった」

「近所に住んでる孫も呼んで、一緒に食べたんだって」

「大家さんに気に入られるのは大事よね。いざという時、何かと便宜を図ってもらえるもの」

「うん」

「明日、マットレスを返さなくちゃ」

「うん、そうだね」

いよいよ閉会式はクライマックスを迎えようとしていた。アナウンサーの声が神妙になった。ためらうように少しずつ、聖火が揺らめきながら小さくなり、やがて一筋の煙になって消えていった。

「消えたね」

私は言った。Rは黙っていた。たぶん声が聞こえなかったのだろう。ケーキの最後の一切れを口に入れ、もぐもぐしているだけだった。私はお茶のお代わりを注ぐため、ポットに新しいお湯を入れた。


予想していたことではあったが、空港でRと別れる時、平気な振りをするのはなかなか難しかった。言葉を掛けるとついしんみりしてしまいそうで、できるだけ口をつぐみ、笑みだけを浮かべるよう努めた。むしろRの方が饒舌《じょうぜつ》だった。今度の休みも帰国できないと思う、でも手紙を書くから安心して、写真を送ってほしい、スリに注意して。

別れ際、私たちはお互い照れた表情を浮かべて握手をした。「体に気を付けてね」。私の言いたいことはただそれだけだった。手荷物検査のゲートをくぐる直前、振り返ると、Rは元気よく手を振っていた。

不意に涙が込み上げてきて慌てた。片方の耳だけでもう一つの言語を習得し、美しい鐘の音を聞き分けるR。あの子のために、どうして泣く必要がある？

その時、どこからともなく現れた集団が検査の列に合流し、気がつくとその中に飲み込まれていた。最初、目に入ったのは彼らの脚だった。楡の幹のようにそびえ立つ何本もの脚が、私を取り囲んでいた。モスグリーンのズボンに、エンブレムの付いた紺のブレザー、白とベージュのツートンの靴。お揃いの恰好《かっこう》をした男たちは皆、二メートル近い長身のうえに、丸刈りだった。オリンピックの選手だ、とすぐに分かった。

幼虫を守る繭のように、彼らは私を包んでいた。検査場のざわめきも人々の視線も遮られ、私の周りにだけ特別な静けさがあった。その静けさの中で、私は思う存分泣いた。

the United States Men's National Volleyball Team for
the Barcelona 1992 Olympic Games

バルセロナオリンピック・
男子バレーボールアメリカ代表（1992年）

予選リーグの対日本戦。一旦はセットカウント3対2で勝利しながら、試合後、日本側からの抗議を受け、国際バレーボール連盟の裁定委員会により、翌日、1対3で日本の勝利となって結果が覆った。セットカウント1対2の第4セット、13－14。日本がマッチポイントを迎えた時、アメリカのサミュエルソンが2度目の警告を受けたにもかかわらず、主審が日本に1点を加えなかった。

この不手際に対し、アメリカチームは全員がスキンヘッドにして抗議した。その後アメリカは銅メダルを獲得。日本チームは6位に終わり、以降、長い低迷の時代に入る。

Little Women Club
In the memory of Elizabeth Taylor

第八話

若草クラブ

私たちが四人一組で扱われるようになったのは、今年の秋、学芸会で『若草物語』の四姉妹を演じたのがはじまりだった。

「あんたはエミイ」

異論も苦情も代案も出ることなく、平和的にまず私の役が決定した。

それに引き換え、残り三人の役に関しては大いに揉《も》めた。長女メグは何より美しい。次女のジョーは器量は並だが、髪を切ってお金に換える見せ場がある。三女ベスは猩紅熱《しょうこうねつ》で死にかけるというはかなさで同情を買える。

「結局、主役は誰なの?」

「やっぱり、年上のメグ?」

「それより、一番台詞《せりふ》が多いのは誰なのよ」

「はっきりしなさいよ」

「そうよ、主役が分かんないお芝居なんて、ありえない」

三人は口々に私に詰め寄った。

「さあ、どうでしょう……」

わざと私は言葉を濁した。台本は自分が書いたのだから、主役は次女のジョーだとよく分かっていた。しかし、三人の関係をこれ以上険悪にしないためには、事をあいまいにしておいた方がいいと思ったのだ。

四人姉妹のお話で長女が主役では、当たり前すぎて面白くない。あの『細雪《ささめゆき》』でも、語り手は次女の幸子だった。作家はどうも当たり前を嫌うらしいと、私は前々から気づいていた。

結局、三つ巴《どもえ》の混戦ののち、どうにか各々納得できる役に収まった。

「ダンスシーンの相手は学年一の美少年を配して頂戴《ちょうだい》」

「かつらは人毛でなくては嫌」

「猩紅熱なんて古臭いわ。もっと洒落《しゃれ》た病気はないの?」

ただし決定したあともなお、脚本家に対する要求は続いた。

大叔母《おおおば》宅の図書室に楽園を見出《みいだ》し、筆で身を立てる夢を描き、自分の小説が初めて載った新聞に顔を埋めてうれし涙《うず》を流すジョー。本当は彼女こそ、私に相応《ふさわ》しい役だった。明らかにエミイは影が薄かった。台本に取り入れるべき印象的な場面に印をつけながら本を読んでゆくと、エミイの名に線が引かれることはほとんどなかった。たまに目立ったことをするかと思えば、ジョーと喧嘩《けんか》して大事な原稿を燃やしてしまうありさまだった。

さらに彼女が軽んじられている証拠は名前にも表れていた。メグの本名はマーガレット、ジョーはジョセフィン、ベスはエリザベス。なのにエミイはエミイのままだ。三人の姉たちは皆、いざという時にしか口に出さない、優雅で秘密めいた名前を胸の奥の小箱に隠し持っている。その、いざという時が訪れた時、自分の小箱が空っぽだとばれてしまうのが怖くて、彼女はいつでもびくびくしていなければならない。

「あんたはラッキーよ」

ついうっかり、しょんぼりした気分が顔に出てしまっていたのだろうか。最も美しい役を得てご満悦のメグが、私に向かって言った。

「だって、知ってる？　映画でエミイの役をやったのは誰か」

私は首を横に振った。

「エリザベス・テイラーよ」

どれほどその名前が特別であるか、強調するようにメグは気取った口調で言った。

「えっ」

ジョーとベスが私より先に驚嘆の声を上げた。

「何ですって」

「あの、エリザベス・テイラーが……」

「そうよ」

「じゃあ、私たちの役をやった女優は誰？」

「ぱっとしない人」

「あら、そうなの？」

「聞いたこともない名前」

「まあ、残念」

「とにかくエリザベス・テイラーが抜群ね」

「あんた、よかったじゃない。エミイ役で」

「ほんと、ほんと」

三人は同時にうなずき合った。

「あのう……」

頃合いを見て私は口を挟んだ。

「エリザベスなら、ベスの役じゃないんでしょうか」

「馬鹿ね」

言下にメグは否定した。

「エリザベス・テイラーはベスじゃなく、リズよ。リ、ズ」

学芸会が終わった後も、私たちは四人一組で結束してゆこうと誓い合い、密《ひそ》かに〃若草クラブ〃を結成した。校庭の片隅にある壊れた百葉箱の裏に集合し、『若草物語』の上に片手を重ねて置き、誓いの言葉を唱えた。台本を書くためにつけた印があちこちに残る、私の本だった。

「どっちの手を載せるの?」

ベスが尋ねた。

「左手よ」

ジョーが答えた。

「右手は肘《ひじ》から折り曲げて、こう挙げるの」

ジョーはお手本を示した。

「レーガン大統領の就任式でやっているのをテレビで観たから、間違いないわ」

「大統領のやり方なら、きっと正式ね」

「最上の格式よ」

あらかじめ練習してきたかのように、三人の恰好《かっこう》は様になっていた。私の左手は最下層だった。人の手とはこんなにも重いものなのかと驚きつつ、三人分のそれを受け止め、土台となってバランスを保つだけで私は精一杯だった。

「一つ」

メグが口火を切った。

「清い心はどんな美にも優ります」

四人は声を合わせた。

「一つ」

「か弱きものを慈しみます」

「一つ」

「約束を守ります」

「一つ」

「喜んで辛抱します」

「一つ」

「死んでからも四姉妹です」

言い間違えるのが怖くて、私は口をパクパクさせるだけにしておいた。けれど三人の声で十分にボリュームがあった。

「誓いを破ったら罰が与えられるわ」

誰からともなく罰の話が持ち上がった。

「どんな？」

「そうねえ……」

「毛を剃《そ》られるのよ」

「それ最高」

「あそこの毛ね」

「もちろんよ」

「いいわ。決まり」

あそこ、とはどこでしょうか、と思わず尋ねそうになり、危うく踏み止《とど》まった。どこにしても自分にはまだ、そういう気配が見られないのを思い出したからだった。

誓いが成立した証《あかし》に、『若草物語』をクラブのシンボルとし、百葉箱に隠すことになった。白ペンキは剝《は》げ、鳥の糞《ふん》がこびりついて扉は腐り、もはや何の用も果たしていない百葉箱だった。中の温度計はガラス管がひび割れて水銀が蒸発し、気圧計の針は折れ曲がり、底には昆虫の死骸《しがい》が積もっていた。去年のクリスマスにパパがプレゼントしてくれた本を、そんなところに置き去りにするのは気が進まなかったが、ついさっき誓ったばかりの〝喜んで辛抱します〟の一言に早速背くこともできず、黙って成り行きに任せた。メグが計器の奥に本を置いた瞬間、干からびた昆虫の潰《つぶ》れる音がした。

「さあ、これでよし」

三人は制服についた埃《ほこり》を払いながら、一区切りついてさっぱりした、という口調で言った。それから四人手をつなぎ、百葉箱を囲んで輪になると、若草クラブの秘密が漏れないよう、右に四回、左に四回、ぐるぐる回転した。

中央図書館で借りてきたエリザベス・テイラーの分厚い伝記を私は一晩で読み通した。貸出期間中毎日読み返し、最大限まで期限を延ばしてもらってもまだ足りず、ママのカードを使ってこっそり借り直した。専用のノートを作って要点をメモしたり、エピソードを分類したり、出演映画を整理したりした（メグが言ったことは本当だった。エリザベス・

テイラーは『若草物語』でエミイを演じていた）。本の最後に載っている年譜では満足できず、自分なりにいろいろと書き加えた、何ページにもわたる新たなものをこしらえた。

そうした作業の合間には、しょっちゅう伝記の一ページめを開き、そこに載っている十一歳のエリザベス・テイラーの写真を眺めた。たった一言で、簡単に可愛いと言ってしまうのが恐ろしいような写真だった。ウエーブのかかったたっぷりとした髪が肩を包み、額と顎《あご》の輪郭には聡明《そうめい》さが表れ、頬はつやつやしている。そして何より目だ。深い陰影の底に潜んでいながら、決して無視できない光を湛《たた》え、多くの人々からすみれ色と称された目。写真は白黒だったが、その瞳《ひとみ》が他の誰も持っていない特別な色をしているのは明らかだった。

目の前の少女が、自分と同じエミイを演じている姿を頭に思い浮かべてみた。夢よりももっと遠い出来事のようで、頭がぼんやり霞《かす》んできた。それでも寒々しい講堂にあるお粗末な舞台と、スクリーンの向こう側にあるらしい輝かしい世界が、エミイという名一点で結びついているのは間違いなかった。

最も手間取ったのは、家系図作りだった。六人の相手と七回結婚し、六回離婚、一回死別する。数の多さもさることながら、六と七、微妙にずれている数字が私を混乱させた。同じ男との結婚離婚を二度繰り返す。別れた前夫と復縁してまたすぐ別れる。どう工夫しても明確な一言で説明しきれないのが歯がゆかった。

一人め、ホテル王の御曹司ニック・ヒルトンからスタートし、次に俳優のマイケル・ワイルディング、次にプロデューサーのマイク・トッド、と続けてゆくうちすぐに紙が足りなくなり、新しいのを糊《のり》で継ぎ足した。四番が歌手エディ・フィッシャー、五番と六番が問題のリチャード・バートンで七番が政治家のジョン・ウォーナー。さらにややこしいのは、結婚相手の各々に前妻がいたり、子どもがいたり、離婚後に別の誰かと再婚したりしていることだった。当然ながら、七回の結婚の間には子どもが生まれ、養子を迎え、孫もできる。書いても書いても登場人物たちは、縦方向横方向にいくらでも増殖していった。飛行機事故で死んだM、億万長者のK、ステーキナイフで自分を刺したV、アルコール依存症のN、M、R……。とうに紙は三枚、四枚と継ぎ足されていた。出来たと思って読み返すと必ずどこかに、西暦の間違いや名前の表記ミスや記入漏れが発見された。

永遠に続くのではと思われた作業がどうにか終わった時、家系図は勉強机からはみ出さんばかりの大きさになっていた。予測もつかない広がりと奥行きを持つ、エリザベス・テイラーの領土だった。その片隅に製作者として自分の名前を小さく書き入れると、ノートの大きさに折り畳み、糊がはみ出さないよう注意しながら裏表紙に貼り付けた。

当然ながら私の名前は家系図の誰とも線でつながっておらず、消しゴムの滓《かす》ほどの孤島でしかなかった。それでもなお、エリザベス・テイラーとの間に三つの共通点があるのを発見した。毛深いことと、仮病を使うこと、そして足のサイズだった。

彼女は生まれた時、全身が濃い産毛に覆われていた。大人になれば自然に治ると医師から言われたものの、長年、彼女の悩みの種となった。この記述を読んで以降私は、毛深いのを気にして二週間に一度、腕と向《む》う脛《ずね》の無駄毛をオキシフルで脱色していたのをすぐにやめた。せっかくの共通点をふいにするのは、あまりにももったいなかった。不自然に薬など塗っているから、肝心な〝あそこ〟が未発達のままなのかもしれないと思い至った。

仮病に関しては、私も負けていなかった。彼女の得意分野は、幼い頃乗馬で痛めた背中の古傷の悪化、ありふれた感染症の激変、不注意の怪我、といったあたりだった。そうしたもろもろが大作映画の撮影や、アカデミー賞の授賞式や、母親の死に際して思いがけず出現し、事態をドラマチックに盛り上げるのだった。それに比べれば私の場合スケールは小さかったが、社会科見学やプールの授業や林間学校の前日に熱を出す技術は完璧《かんぺき》に習得していた。

彼女の靴のサイズは21センチ。とても小さな足をしている。あれほど巨大な領地を、どうやってこんな小さな足で支えているのかと、心配になるくらいだ。時折私は靴下を脱ぎ、自分の21センチの足を眺める。指を広げてみたり、甲に浮き出る血管をなぞってみたり、爪のにおいをかいだりしながら、エリザベス・テイラーのことを考える。

若草クラブは百葉箱の裏で定期的に会合を開いた。誓いの言葉を唱和したあと、『若草物語』の主要場面を演じて遊んだ。そこは一面伸びすぎた芝生に覆われ、教室からは遠く離れていたので、こっそりお芝居をするにはうってつけの場所だった。たとえ猩紅熱に冒されたベスが横たわっている場面でも、制服は汚れず、無事に帰ってきたパパを皆が歓声で迎える場面では、つい声が大きくなって誰かに発見されたりする心配はなかった。

　三人には各々お気に入りの台詞があって、そこばかり何度でもやりたがった。

「お互いにぐちをこぼすのはよしにして、各自の重荷をかついで、かアさんのように朗らかに前進しましょうよ！」

「こんなこと、別に国家の運命に影響しないんだから……むしゃくしゃ毛を取ってしまったんで、頭脳のためにもいいわ。とても涼しくて軽くて気持ちがいいわ。……どうぞお金をとって頂だい……」

「もうお歌の時間でしょう？　わたし、いつもの席につくわ。わたしねえ、巡礼のきいた羊飼いの少年の歌を歌って見ようと思いますのよ。おとうさまがあの歌をお好きだから……」

　三人は私の書いた台詞を助詞一つに至るまで完全に覚え、一度として言い間違えなかった。動きはスムーズで、表情には感情がこもり、あらゆる面で学芸会の時より格段に上手《うま》くなっていた。

　どんな場面にせよ、エミイは暖炉脇のソファーに黙って座っているだけでよかった。百葉箱を支える、Xに交差した脚の間が、そのソファーということになっていた。私は背中を丸め、Xの隙間にどうにか体を押し込めた。そこは膝《ひざ》を抱えた私がちょうどすっぽり収まるだけのスペースになっていた。

　少しずつ三人の演技は熱を帯びていった。メグの首筋は汗ばみ、ジョーの口からは唾《つば》が飛び、ベスの歌声はかすれてひっくり返った。

「ニック・ヒルトン、マイケル・ワイルディング、トッド・マイク……いや、違う。マイク・トッドだった」

私は一人、声にならない声でエリザベス・テイラーの結婚相手を順に挙げていった。

「……リチャード・バートン、リチャード・バートン、ジョン・ウォーナー……あっ、いけない。エディ・フィッシャーが抜けた」

何度やってもなかなか正確に言えず、また最初からやり直す羽目になった。あれほど丹念に家系図をこしらえ、全部頭に入っているはずなのに、暖炉のそばのソファーに座るとなぜか調子が狂った。結婚相手リストのそこかしこに、罠《わな》が仕掛けられているかのようだった。ほんの一年ほどでの別れ、幾種類もの組み合わせによる三角関係、不意打ちの事故死、底なしのアルコールと暴力、薬……。リズとの結婚に恨みを持つ男たちが残した罠に違いなかった。

いつしか場面は次々と移り変わっていた。太陽が翳《かげ》り、風が出て、芝生の葉先がざわめいていた。居間のテーブルで針仕事に励む、壊れた人形のための病院をこしらえる、隣家の青年と初めて言葉を交わす、麦わら帽子を被《かぶ》ってピクニックに行く……。ついさっきまで芝生に映っていたはずの影は消え、代わりに三人の横顔が灰色にくすんで輪郭がぼやけていた。若草クラブの活動に夢中の彼女たちは、そんなことには少しも気づいていないようだった。

百葉箱の下は講堂の暗幕と同じにおいがした。狭苦しさに耐えかねてもぞもぞした拍子に肩が脚にぶつかり、鎧戸《よろいど》の隙間から昆虫の死骸がこぼれ落ちてきた。羽は取れ、胴の節はバラバラになり、もうほとんど粉のようになっていた。『若草物語』は無事だろうか。私はいっそう肩をすぼめ、百葉箱の底を見上げた。

「そうでしょ？　エミイ」

「ねえ、エミイ」

「そうよね、エミイ」

時々三人は、自分たちが四姉妹であることをはっきりさせるため、暖炉脇のソファーに向かって話しかけてくるので、油断がならなかった。慌てて私はうなずいた。おかげでまた、リストのリズムが乱された。

「ニック・ヒルトン、マイケル・ワイルディング、マイク・トッド、エディ・フィッシャー……」

あきらめずに私は最初からやり直した。

勉強机には油紙が敷かれ、その上にすべて準備は整っていた。コップには縁まで水が入っていた。念のためもう一度ノートを開き、リズに処方された薬物リストと、油紙の上に並ぶ薬を一つ一つ照らし合わせ、漏れがないかどうか確かめた。

「穏和精神安定剤、麻酔剤、催眠薬、食欲減退剤、興奮剤、抗鬱《こううつ》剤」

これは結婚相手リストを上回る難敵だった。それらの薬が一体どんな作用を及ぼすのか、私には予測もつかなかったが、覚悟はもうできていた。

錠剤もあれば、カプセルもあった。アルファベットが刻印されているのもあれば、表面がコーティングされ、マーブルチョコレートのようにツルツルしているのもあった。右端の一錠、〝穏和精神安定剤〟を口に運ぼうとしてふと、こういう場合何か儀式が必要なのではないだろうか、とても破格なことなのだから、という気がしてきた。私は右手の肘から先を持ち上げ、左手は本がないので仕方なくコップの縁に載せ、若草クラブの誓いの言葉をそらんじた。

「一つ、清らかな心はどんな美にも……」

一人だと三人の時のような厳かさは出せなかった。完全な記憶力を持つ彼女たちとは違い、文言もどこか間違えている気がした。

これで本当に準備が整い、いよいよ私は最初の一錠を水と一緒に飲み込んだ。緊張のせいだろうか、いきなり喉《のど》につかえ、いくら水を飲み足しても胸苦しさが消えず、それを押し込めるために、勢いをつけ、並んでいる順番に次々薬を口に放り込んでいった。

やはり案じたとおり、ビオフェルミンの中途半端な甘さは、薬物リストの凄味《すごみ》を損なう恐れがあり、さらに言えば、マーブルチョコレート並みに甘い肝油などもってのほかという感じだった。それに引き換え正露丸は立派だった。妥協のない苦さと、どんな闇よりも濃い黒色は、エリザベス・テイラーが三十年も四十年も祟《たた》られたように飲み続けるに相応しい風格を備えていた。
六種類掛ける二。全部で十二個、飲んだ。肋骨《ろっこつ》の上を握りこぶしで叩《たた》き、もう一杯水を飲んだが、胸のつかえは治まらなかった。錠剤とカプセルが喉の粘膜の襞《ひだ》に埋もれ、うごめいている様が思い浮かんだ。私はノートを閉じ、油紙を折り畳み、静かに次に起ることを待った。精神の穏和について、眠りと興奮について、食欲への抵抗について、思いを巡らせた。

いくら待っても、胸のつかえが少しずつ消えてゆく以外、別段、体に変化は見られなかった。心臓破裂寸前の動悸《どうき》、死と見紛《みまが》う眠り、救急車の出動、気管支挿管、マウスツーマウス。そうした劇的な動きは皆無だった。水をたくさん飲みすぎたせいで、晩御飯はあまり食べられなかった。翌朝、お腹が少しゆるくなったが、薬物リストのせいかどうかは判然としなかった。

薬物服用を上回る体の変化に見舞われたのは、十日ほど経ったある日、学校へ行こうとして靴を履いた時だった。21センチの靴が、窮屈になっていたのだ。

気のせいだ。そう言い聞かせ、足のことは忘れるよう努めた。自分には最初から足などないかのように振る舞った。しかし、日に日に痛みは無視できないところまで高まっていった。指は縮こまり、爪は紫に変色し、踵《かかと》の皮は水ぶくれが破れてジュクジュクしていた。ママに見つかって新しい21・5センチの靴を買われてしまう、という事態だけは避けなければならなかった。

痛みに耐えるばかりではなく、これ以上足を大きくしないための努力にも着手する必要があった。爪先《つまさき》が足の裏につくくらいぎゅっと指を縮めた状態のまま、包帯でぐるぐる巻きにし、去年まで履いていた20センチの通学靴に足を押し込め、早朝一時間と夜寝る前の一時間、窓枠につかまって爪先立ちをする。それが私の編み出した方法だった。

時折、ただじっと立っているのに退屈すると、両親を起こさないよう気をつけながら、バレリーナのように爪先で足踏みをした。そうするとより足に重圧がかかり、効果が上がる気がした。その証拠に一回足を床につけるたび、爪から甲、足首にまで響く痛みが走った。

もちろんバレリーナのように優雅にはいかなかった。腰は曲がり、膝はがくがくし、どうにか姿勢を保つだけで精一杯の上に、薄汚れた包帯とはちきれんばかりに伸びきった通学靴は、トウシューズとは似ても似つかない代物だった。

それでも私は自分に課した義務を忠実に果たした。窓の向こうに広がる、早朝一時間と、夜寝る前の一時間を見つめ、爪先で足踏みを続けた。

誕生日、ペットショップでハムスターを二匹買ってもらった。エリザベス・テイラーが可愛がっていたのは、本当はシマリスだったのだが、値段が高すぎて予算がオーバーするため、似ていなくもないハムスターにした。

丸い目と、短すぎる脚と、目立たない尻尾《しっぽ》を持つ、元気いっぱいのハムスターだった。暇があれば回し車に乗り、走っていた。どこにたどり着けるわけでもないことを嘆きもせず、満足げに短い脚を動かし続けていた。餌箱に向日葵《ひまわり》の種を入れてやると、顔の輪郭が変形するまで際限なく頬袋に詰め込んだ。

やがて十四の子どもが生まれ、あっという間に毛が生えそろい、親と区別がつかないくらいに成長した。リズの家系図を思わせる増殖の勢いだった。慌てて私はパパを説き伏せ、来年の誕生日の分を前借りしてケージや餌箱や回し車や、その他もろもろ必要な品を買い足した。十二個のケージは子ども部屋の壁一面を占領するだけでは足りず、窓辺にも進出し、一日二回の義務、爪先立ちと足踏みのスペースさえ脅かしかねないほどだった。毎日ケージを掃除し、水と餌を取り換え、一匹ずつスカートの裾《すそ》に包んで撫《な》でてやるだけで数時間かかった。部屋にはケージからこぼれ落ちた寝床の木屑《きくず》と、トイレの砂と、向日葵の種の殻が散らばり、始終、生暖かいにおいが立ちこめていた。

それでも、彼らの世話を口実にして早朝と夜の義務を怠ったりはしなかった。成長する足先の細胞を痛めつける私を励ますように、彼らは軽やかな回し車の音を部屋中に響かせた。

「もしよろしかったら……」

若草クラブの活動のあと、勇気を出して私は三人に言った。

「家に遊びにいらっしゃいませんか」

三人は一斉にこちらを振り返った。

「あんたの家に？」

「なんで？」

「めんどくさ」

「とても可愛らしいシマリスをお見せしたいと思うのです。十二匹もいるのです」

「へえ……」

三人はまんざらでもない表情を浮かべた。

「クラブの活動で、私たちへとへとなのよね」

「ソファーに座ってるだけのあんたとは大違いなの」

「でもまあ、ジュースを出してくれるなら考えてもいいわ」

「そうね、カルピスがいい」

「たっぷり濃いやつね」

四人が子ども部屋に入るともうそれだけで余分なスペースは一切なくなった。誰かが姿勢を変えるたび、必ず体のどこかがケージにぶつかった。急に人が増えて興奮したハムスターたちは一段と勢いよく車を回し、顔が破れる寸前まで頬袋を膨らまし、「ギッ、ギッ」という鳴き声を上げた。

「名前はあるの？」

ベスが尋ねた。

「いいえ」

私は答えた。出産後の慌ただしさの中、いつしか親と子どもの区別さえつかなくなっていることは言わないでおいた。

「そんなものつけても無駄よ。全部同じ顔だもん」

メグが言った。

「でも、これ本当にシマリス?」

そう最初に口にしたのは、ジョーだった。

「どこにも縞《しま》なんてないじゃない」

「リスって、くるんと丸まった、立派な尻尾があるんじゃないの?」

「そうよ」

私は何も答えず、ストローを口にくわえた。回し車の音がいっそうけたたましく響き渡った。ふと気づくと、舞い上がる木屑がカルピスの上に浮いていた。

「変なの」

疑《うたぐ》り深そうにジョーはストローをかき回した。木屑を吸い込まないよう用心しつつ、私たちは黙ってカルピスを飲んだ。

「ラブ・ゲームをいたしませんか」

話題を変えるため、私は提案した。

「何よ、それ」

エリザベス・テイラーがビバリーヒルズにあるお屋敷の庭園で熱中したお気に入りのゲームよ、知らないの？　と私は胸の奥でつぶやく。

「十二匹のうち、どの子が私に一番従順か、テストするのです」

「ふうん」

三人はあいまいな声を漏らした。

「一斉にお庭に放して、最初に私の膝に上った子が一等賞です」

そばに寄ってこない裏切り者のシマリスは、ペットショップで他の子に取り替えられるのよ。

「言ってみれば、私への愛を競い合うゲームなのです」

私は子ども部屋と玄関を往復してせっせと十二個のケージを庭に運び出した。異変を察知した彼らは金網にしがみつき、二本の前歯をむき出しにして怖がった。庭も子ども部屋同様、十二個のケージを並べるには狭すぎたが、どうにか南側の軒下に収めることができた。私は植え込みの下にしゃがみ、スカートの裾を両手で持ち上げ、いつ彼らが飛び乗ってきてもいいよう姿勢を整えると、手持無沙汰《ぶさた》に突っ立っている三人に向かって呼びかけた。

「お待ちどおさま。準備が整いました。さあ、ケージを開けてシマリスたちを放って下さい」

三人が手当たり次第にケージを開けてゆくと、彼らは最初何が起こったのかよく分からない様子で、しばらく地面のにおいをかいでいたが、立ちふさがる金網がないと知るやいなや、一斉に駆け出した。

「さあ皆さん、いらっしゃい」

私はできるだけ愛想のいい声を出し、スカートの裾を揺すった。

十二匹はお互い、親きょうだいのことも気にせず、私の呼びかけにも振り返らず、ただ真っすぐ前しか見ていなかった。回し車とは異なり、走れば走るだけ遠くへ行ける不思議に心を揺さぶられ、自分でも、最早どうにもならないといった様子だった。

気づいた時、十二匹の姿はすべて消えていた。あるものは生垣の隙間に潜り込み、あるものは門扉の下をすり抜け、またあるものは側溝の闇に消えた。いつまで待ってもスカートの裾は空っぽのままだった。

「どうなってんのよ」

「あんた、誰からも愛されてないじゃないの」

「一匹も戻ってこないわよ」

「今頃、車に轢《ひ》かれて潰れてるわ」

「野良猫の餌よ」

「餓死よ」

口々に三人は言い募った。

「あんた、若草クラブの誓いの言葉、忘れたの?」

メグが一歩、私に詰め寄った。

「か弱きものを慈しみます」

ジョーとベスが声を合わせて言った。

「あんた、全然慈しんでないじゃない」

「それどころかひどい仕打ち」

「誓いを破ったらどうなるか、覚えてるわよね」

私は三人から目をそらし、ぐずぐずとスカートの裾をいじって時間を稼いだ。雑草の茂みの奥で、微《かす》かな鳴き声が聞こえたような気もしたが、空耳かもしれなかった。風が吹き、空のケージから舞い上がった木屑が宙を飛んでいた。誓いを破った罰より、それを受けるべきあそこに、何の変化の兆しもない事実を三人に知られることの方が、ずっと恐ろしかった。そして三人はほどなく、私の胸の小箱が空っぽなのにも気づくに違いなかった。

爪先が一段と痛みだした。足を大きくする細胞がうごめいている証拠だった。私は立ち上がり、植え込みの幹をつかむと、爪先で足踏みをはじめた。

「何やってんの?」

「シマリスを呼び戻す合図?」

「おまじないか何か?」

私は根の一番堅そうなところ目がけ、爪先を打ち付けていった。ごんごん、音がした。いつしか靴は脱げ、靴下は破れ、その穴から包帯がはみ出していた。

「ニック・ヒルトン……マイケル・ワイルディング……マイク・トッド……エディ・フィッシャー……」

爪が割れ、中の柔らかすぎる皮膚がむき出しになっているのが感じられた。指の骨が右の小指から順に脱臼《だつきゅう》してゆくのも分かった。

「やめなさいよ」

「血が出てるじゃないのよ」

「そんなことしなくたって、私たちは四姉妹よ」

三人が何と言おうと構わず、私は足踏みを続けた。

Elizabeth Taylor

エリザベス・テイラー（1932-2011）

イギリス、ロンドン出身の女優。ハリウッドを象徴する大スター。代表的な出演作品に、『緑園の天使』『ジャイアンツ』『熱いトタン屋根の猫』『バターフィールド8』『クレオパトラ』『バージニア・ウルフなんかこわくない』などがある。生涯に亘り、7人の男性と8回結婚し、7回離婚。1回死別。最後の結婚相手は、薬物・アルコール依存症患者のためのリハビリ施設で知り合った建設労働者、ラリー・フォーテンスキー。1991年に結婚し、1996年に離婚した。心疾患のためロサンゼルスで死去。

Come here, Good Boy
Inspired by the Guinness World Record for the world's longest hot dog

第九話

さあ、いい子だ、おいで

した。

私たち夫婦は子宝に恵まれなかったので、代わりに文鳥を子どもとして可愛がることにした。

日曜の午後、憩いの広場へ続く商店街の、『愛玩《あいがん》動物専門店』へ二人で出掛けた。何度も前を通ったことはあるが、店の中へ入るのは初めてだった。元々ボクシングジムだったところを改装して作られた店で、通りにまではみ出す大小さまざまなケージが入口を塞《ふさ》ぎ、営業中なのかそうでないのかよく分からず、気楽には入り辛《づら》かったのだ。しかしその日は文鳥を買うというはっきりした目的があったので、ためらう必要はなかった。積み重なるケージを崩さないよう用心しながら隙間をすり抜けてゆくと、愛玩動物たちが一斉に叫び声を上げたり、羽ばたいたり、走り回ったりして騒ぎ立てた。

中は外以上に雑然としていたが、専門店の看板を掲げているだけあって、品揃えは申し分なかった。サークルの中で子犬たちがじゃれ合い、飾り羽を震わせてオウムが「ごきげんよう」と繰り返し、カメレオンが目をキョロキョロさせている。水草の間を泳ぐエンゼルフィッシュの隣では、リスザルが金網の隙間から指を差し出して餌をねだり、私たちの足元ではリクガメが散歩している、という具合だった。店の片隅に所在なげにぶら下がったままになっているサンドバッグ以外、ボクシングジムの気配は何一つ残っていなかった。

「文鳥ですか？　ええ、もちろんいますよ。ちょうどこの前孵化《ふか》したばかりの、フレッシュなのが」

店員は感じのいいさわやかな青年だった。ジムを経営していた人の息子なのだろうか。身のこなしが軽やかで、胸板が厚く、Tシャツの袖《そで》口からのぞく腕はたくましかった。

「ちょっと待って下さいね。あれ、こいつじゃない。確かこのへんにいたはずなんだ、あいつら」

店の奥へ引っ込み、しばらくごそごそしていた彼は、鳥籠《かご》を一つぶら下げて戻ってきた。

「どうです？」

自慢げに青年は鳥籠をかざして見せた。その素直な表情に引きつけられ、私はついうなずいて微笑みを返したが、正直なところそれが文鳥なのかどうかもよく分かっていなかった。

そう大きくもない籠に七、八羽が押し込められていた。止まり木の上でひしめき合っているのもいれば、そこからはみ出して仕方なく金網にしがみついているのもいた。明らかに一回り小柄な一羽は、水浴び用の容器の中で羽をばたつかせながら金切り声を上げていた。

本当にこれは可愛いと呼んでいい生きものなのだろうか。

ふと、不安がよぎった。どれもこれも皆落ち着きがなく、神経がピリピリ張り詰めている。胴体は簡単に握り潰《つぶ》せそうなほど柔らかいのに、嘴《くちばし》は固くて凶暴で、どこかまとまりに欠けている。何かの手違いで不完全なまま生まれてしまい、自分でも慌てているように見える。

「サクラ文鳥ですね」

知ったかぶりをして夫が言った。

「はい、そうです」

文鳥たちがもっとよく見えるよう、青年は鳥籠をさらにこちらに近づけてきた。青年の手がすぐ目の前にあった。

もしこの若者が自分の息子だったら、と私は想像を巡らせた。文鳥を眺める振りをして、こっそり青年を盗み見た。肌は健康的に日焼けし、笑みには優しさがこもっていた。動物を扱うからなのかそれともボクシングのせいなのか、両手にはいくつもの傷跡が刻まれ、そのためにいっそう力強く見えた。母親よりはるかに体格の立派な、それどころか軽々と抱き上げることさえできる青年を、かつて自分は宿していたのだと思う時、人はどんな気持ちになるものなのだろう。

「どの子にします？」

青年に見つめられ、慌てて私は視線をそらせた。

「そうだなあ、食欲が旺盛《おうせい》で、毛艶《けづや》がよくて、色がはっきりしてて……。でもやっぱり声だな。綺麗《きれい》な声でさえずらなきゃ、小鳥の意味がない」

夫は贅沢《ぜいたく》を並べ立てた。夫が籠を指さすたび彼らは怯《おび》え、入り乱れてバサバサと不器用に羽ばたいた。

「残念ながら、さえずるにはまだ、小さすぎます」

青年は言った。

「それに今の段階では、オスかメスか分からないんです」

「別にどっちだっていいよ」

「でも、メスだとさえずりません」

「えっ、そうなの？」

不満そうに夫は、ふんと鼻を鳴らした。

「メスはチッ、チッ、と細切れに地鳴きするだけです」

オスかメスか見分けがつかないのは、愛玩動物専門店の店員として、彼が未熟だからではなく、すべては文鳥の側の事情なのだと、サンドバッグに視線を送りながら私は無言でつぶやいた。

結局性別の問題は運に任せ、青年が籠に手を差し入れた時、最初に指をついてきた子を選ぶことにした。

「人懐っこい子が、何より育てやすいですよ」

早速一羽が掌《てのひら》に止まり、小首をかしげ、中指の関節の窪《くぼ》みを嘴でつつきだした。

「さあ、いい子だ、おいで」

自分よりか弱いものを安堵《あんど》させ、慈しむのにこれ以上はない、という声だった。小鳥一羽を包むのに、彼の掌は十分な大きさと柔らかさを持っていた。文鳥はすんなりとその中に収まり、人差し指の輪の中から頭だけを出して、何が自分に起こったのか気づきもしないまま、ただ黒い瞳《ひとみ》を目いっぱいに開いていた。

「どうぞ、可愛がってやって下さい」

と、青年は言った。

私たちはその子を、犬用ガムの空箱に入れて家へ連れて帰った。道中、カサリとも音を立てずお利口にしていた。

「死んだんじゃないか?」

そう言って夫は何度も箱の隙間から中を覗《のぞ》き込んだ。


ほんの小さな生きものが加わっただけで、家の雰囲気は驚くほど変化した。すぐそばに文鳥がいる。この事実を私たちは何度となく確かめないではいられなかった。朝、慌ただしく出勤の用意をしている時も、食事の時も、夜、ソファーに座って本を読んだりトランプをしたりしている時も、常に私たちの心の一部は文鳥とともにあった。鳥籠が視界の隅に映るたび、小鳥の形をした塊の中に、自分たちとは異なるリズムの鼓動と、その小ささに相応《ふさわ》しい微《かす》かな温もりが潜んでいることの不思議を感じた。そもそも文鳥を飼うアイデアを思いついたのはどちらだったのか、もはや分からなくなっていたが、そんなことはどうでもいい問題だった。二人とも自分たちの下した決断に満足していた。

鳥籠は居間の東向きの出窓に置かれた。日当たりがよく、ガラスに庭の緑が映え、野鳥たちの声も間近に聞こえる、文鳥にとってはうってつけの場所だった。

「ねえ、見て。頭のツートンカラー。黒と白の配分が絶妙だと思わない？　この境界線を描くのは誰なのかしら」

「瞼《まぶた》がないよ、こいつ」

「その代わり目の周りが凝ってる。赤い粒々でぐるりと縁取られてるの。まるで赤い涙を埋め込んだみたい」

「嘴の付け根に孔《あな》が二つ開いてる」

「光が当たると、爪の中が透けて見えるよ。薄桃色の血管が通ってるの」

「尾羽が邪魔になって肛門は見えないな」

「飛んでない時の羽って、よく見るととても機能的に収納されているのが分かるわ。計算の行き届いた角度ね」

「いくらなんでも、脚が細すぎないか？」

「飛ぶためにできるだけ軽さを追求した結果よ。これが究極の形なの」

「じゃ、中は空洞だな」

「私が一番好きなのは、お腹の白い毛。なんてすべすべなの。まだ世の中のどんな穢《けが》れにも触れていない白さ。子どもの頃よくお祖母《ばあ》ちゃんがくれたハッカ飴《あめ》に似てる。あんまり好きじゃなかったけど。ちょうど文鳥のお腹みたいにころんとした形をして、光沢があって、噛《か》んでも割れないの」

私たちは出窓のそばに腰掛け、文鳥についてばかり語り合った。どちらがたくさん文鳥の隠れた特徴を発見できるか、競争するようにして鳥籠を覗き込んだ。毎朝、餌と水を新しくし、糞《ふん》を掃除してシートを取り換えるのは手間だったが、そういう作業中に思いも寄らない仕草を見せてくれるのが楽しみで、少しも苦にはならなかった。出窓がいつも餌の殻と抜けた羽根で汚れているのさえ、これこそ生命の証拠ではないかと、鷹揚《おうよう》に見過ごした。

そうしている間に文鳥は少しずつ成長していった。

その時が来たのは、私たちがベッドの中にいて、眠りと目覚めの間を漂っている時だった。カーテンから差し込む朝日はまだ弱々しかった。最初は二人とも何が起こったのかよく分からなかった。形を想像できない楽器が鳴っているようでもあったし、幼い子どもがこっそり口笛の練習をしているようでもあった。空耳かとも思ったが、少しずつそれはボリュームを増してゆき、無視できない確かさで空気を震わせはじめていた。

「何?」

「さあ」

目がはっきり覚めてくるにつれ、私たちは同時に同じ確信を持った。文鳥がさえずっているのだ。文鳥はオスだった。

その日から、喉《のど》の栓がポンと抜けたように、始終さえずりだした。最初のうち、わずかに残っていたたどたどしさはほどなく消え、日に日に技術を向上させ、完成形に近づけていった。彼は練習の虫だった。私たちにも明らかに進歩が感じ取れた。少しずつ音色は透明度を増し、リズムは軽やかになり、メロディーは複雑に組み合わされていった。

「ほら」

最初の一音が弾《はじ》けると、私たちは目配せをし、何をやっていても手を止めて耳を澄ました。その美しいさえずりに聴き入っては、オスを引き当てた自分たちの幸運に感謝した。

歌が最高地点にまで達しても、彼は満足しなかった。レベルを維持するため、あるいは自らの歌声にうっとりするため、朝日が昇ってから日が暮れるまでさえずり続けた。いつしか、いちいち目配せをして感謝を捧《ささ》げるのも追いつかなくなった。それでも一段と長い息で、序奏とクライマックスとエピローグを含む、技巧に富んだ特別な一曲が歌われると、ご褒美に小松菜の葉先をやって褒めた。嘴でくわえたそれを得意げに振りながら、彼は止まり木の上を右に左に飛び跳ねた。

夫が夜勤で帰ってこない土曜の昼下がり、私は商店街の『愛玩動物専門店』の前まで行ってみた。相変わらず入口は雑然とし、ケージが砦《とりで》となって行く手を阻んでいた。背伸びをしてみたが、目に入るのは薄ぼんやりした蛍光灯の明かりと、天井から吊《つ》り下げられたサンドバッグだけだった。青年の姿は見当たらなかった。

餌はまだたっぷりと残っていた。しかし、別に買うものがないからと言って、店に入るのをためらう必要はないはずだ、と自分に言い聞かせた。入口に近づこうとすると案の定、フェレットやセキセイインコや二十日鼠が騒ぎだした。怖気《おじけ》づいて私は一歩退いた。文鳥がオスだったことを伝えるだけでも、十分店に来た理由になるのではないだろうか。青年だってそれを知ればきっと喜んでくれるはずだ。あの時、鳥籠にいた数羽の中から、望み通りの、しかもとびきり歌の上手なオスを彼自らが引き当てたのだから。

「さあ、いい子だ、おいで」

不意に、青年の声がよみがえってきた。たとえ文鳥でなくとも、そう言われれば誰もが迷いなく身を委《ゆだ》ねたくなる、あの声だった。青年の手の中で文鳥は安心しきっていた。ここにこうしていれば、他には何の望みもないという表情を、黒い瞳の中に浮かべていた。

「さあ、いい子だ、おいで」

入口の引き戸を開けようか開けまいか、私はいつまでもぐずぐずと迷っていた。愛玩動物たちは私を怪しみ、いっそう大きな警戒音を立てた。その騒々しさで青年が私に気づき、さわやかな微笑みとともに、入口を開けてくれればいいのにと願った。幾人もの人が商店街を通り過ぎていった。憩いの広場で遊ぶ子どもたちの歓声が、遠くから聞こえていた。

しかし私の周りを満たすのは、ただ動物たちの声だけだった。

『愛玩動物専門店』の薄汚れた看板を見上げながら私は、文鳥を買った時不意に湧き上がってきた、もしこの青年が自分の息子だったら、という想像に再び浸った。彼の掌にすっぽりと収まる、羽をたたんだ文鳥のように、体をすぼめ、息をひそめ、彼の体温を感じ取ろうとした。いつまで待っても、入口は開かなかった。


私たちは徐々に文鳥のいる生活に慣れていった。彼の特徴は残らずすべて挙げ尽くし、どんなふうに言葉を組み合わせても、新たな局面を切り開くのは難しくなっていた。一方、さえずりは絶好調を維持し続け、衰えを見せる様子はなかった。もはや歌が美しいのは当たり前だった。誰にも打ち崩せない岩盤のような事実だった。熱狂の時代は過ぎ去り、安定の時代が訪れていた。

美しさが当たり前になるのと同時に、少々不都合が生じるようになった。早朝のさえずりで、睡眠が妨げられるのだった。夏至が近づくにつれ、東向きの出窓に朝日の当たる時刻はどんどん早まった。すがすがしい朝の光の中で、さえずりは普段以上に勢いよく弾け、部屋の隅々にまで響き渡った。

最初のうち、できれば自分ではなく、相手の口から決定的な言葉を吐かせた方が楽だと思い、さえずりのことなど何も気にしていないふうを装った。布団に潜り、目をぎゅっと閉じ、あたかもまだ目覚めていないかのような振りをした。しかし、案外あっさりと我慢は限界を超えた。

「うるさい」

先にその言葉を口にしたのは夫だった。

「黙って静かにしているってことができないのか」

「無邪気な子どもなんだもの……」

「西洋人は、無駄吠《ぼ》えする犬の声帯を切り取るんだ」

「あの小さな体のどこに声帯なんてあるの？」

「一体、何のために一日中鳴く必要がある？」

「愛のためよ」

「あい？」

「愛を求めているの」

「訳が分からん」

私たちは朝日を遮り、夜がまだ続いていると彼に錯覚させるため、鳥籠を布で覆うことにした。光を通さない濃い色と厚みを持ち、なおかつ鳥籠を隙間なくぐるりと覆えるほどの大きさの布は、ありそうでなかなか見つからなかった。パジャマのまま、眠り足りない目をこすりながら私たちが家中を探し回っている間も、相変わらず彼は美声を披露し続けていた。

結局、夫の作業着がどうにか条件を満たすだろうということになった。夫が工場で着ている、粗悪なごわごわした生地の、つなぎの服だった。会社から支給されたうちで一番古く、あちこちが綻《ほころ》び、腰回りのきつくなった一着が選ばれた。元々深緑色をしたそれは、汗と機械油を吸い込み、いよいよ陰鬱《いんうつ》な色合いを帯びていた。

そんなことをしても何の抵抗にもならないのに、作業着が迫ってくると文鳥は籠中を飛び回り、四方の金網にしがみついて針金を嘴で嚙んだ。抜けた羽根があちこちに舞い落ちた。

作業着の腹の部分を籠の天井に当て、胸を前側、お尻《しり》を後ろ側に垂らし、両脚と両手で側面の下方と上方を覆うと、余った部分で隙間を塞ぐ。完璧《かんぺき》だった。わずかでも光が差し込む余地はなかった。

途端に文鳥は静かになった。羽ばたく気配はなく、さえずりも止《や》んだ。作業着は私たちが望んだとおりの役目を果たしていた。汗と油のにおいにまみれた夫の全身は、文鳥に覆いかぶさり、有無を言わせず両手両脚でがんじがらめにしていた。

「やれやれ」

どちらからともなく吐息が漏れた。さえずりの消えた部屋は、空気が抜けたようにがらんとしていた。本当にこれで彼が鳴こうとしないかどうか確かめるため、しばらく出窓のそばで息を殺していた。私たちが十分納得できるだけの静寂が続いた。

「死んだんじゃないか?」

作業着の隙間から中を覗こうとする夫を私は制し、とにかくもう一度眠るためにベッドへ戻った。

　夜寝る前に籠に作業着を被《かぶ》せ、朝起きてからそれを外す、という方法を編み出し、睡眠時間を確保できるようになって以降、平安の時が戻ってきた。丁度私たちの勤めが繁忙期に入り、毎朝の籠の手入れはつい二日おき、三日おきになりがちだったが、大した支障は出なかった。シートの糞は日にちが経つほど乾燥してむしろ扱いやすいぐらいだったし、水はぬめりが生じるまで四日程度の猶予があった。餌は一週間分まとめてやっても大丈夫なことが判明した。

　夫が夜勤の日、私は商店街へ行った。例の店で餌とシートを購入することもあれば、ケージの砦の前でしばらくぼんやりしていることもあった。あるいは勇気を出して入店したものの、買うべき品が何一つ思いつかず、サンドバッグを見つめながら青年の声に耳を澄ますだけの時もあった。

「さあ、いい子だ、おいで」

　とっておきのこの一言を耳にできる機会は滅多に訪れなかった。私が思う以上に彼は、愛玩動物に触れる以外の、単純作業や事務仕事を黙々とこなしている時間が多かったし、サンドバッグのぶら下がる片隅で彼の声を聞き取るには、生きものであふれかえる店内はあまりにも騒がしすぎた。

　しかしがっかりするには及ばなかった。私の鼓膜には彼の一言が、イントネーションから強弱の具合、間の取り方から息のつき方まで正確に刻み付けられていた。好きな時にそれをよみがえらせるだけで事足りた。

　サンドバッグにはさまざまな形の傷や汚れがついていた。革がすり減ってささくれているところ、鋭い切り傷、黒ずんだ血の跡、原因不明の染み。それらが絡み合い、複雑な模様を描き出していた。ジムの元経営者よりも、青年よりも、自分はこのサンドバッグについて詳しく知っているに違いない、と私は思った。ほんの少し顔を近づけるだけで、その奥深くに、若々しい肉体のにおいが閉じ込められているのが分かった。動物たちの発する体臭と区別のつかない、原始的なにおいだった。

　文鳥を包む青年の手に触れようとするかのように、私はサンドバッグに腕をのばした。私のすぐそばで子猫が毛玉を吐き、リスザルが金網をガチャガチャと揺すり、売れ残った文鳥たちが我先にとさえずっていた。

『愛玩動物専門店』の帰りにはたいてい、憩いの広場へ立ち寄った。池やテニスコートや噴水やアスレチックコースがある広場は、いつも子どもたちで一杯だった。木陰のベンチに腰掛け、彼らを眺めているとあっという間に時間が過ぎていった。母親と一緒の赤ん坊、保母さんに引率された集団、学校帰りの小学生たち、鉄棒にぶら下がる女の子、おむつで膨らんだお尻を噴水に浸《つ》ける幼児、池に小石を投げる少年、転ぶ子、癇癪《かんしやく》を起こす子、踊る子……。あらゆる種類の子どもが揃っていた。世界中、どんな人の子どもだってこの中から探し出せるんじゃないか、と錯覚するほどだった。

彼らの声は混ざり合い、一つに溶け合い、私の頭上で渦を巻いていた。どこまでも朗らかで切れ目がなく、エネルギーに満ちあふれていた。文鳥のさえずりと同じだった。

広場の中から私は、『愛玩動物専門店』の青年を探した。一歳にもならない彼。ようやく言葉を喋《しゃべ》りはじめる彼。木登りをする彼。泣いている友だちを慰める彼。広場のあちらこちらに注意深く視線を向け、一人一人に目を凝らした。テニスコートのフェンス脇、池の浮島、公衆トイレの裏側。どこに隠れているか、油断はできなかった。子どもとは、そういうものだ。彼らはいつだって、私が予測もできない小さな隙間に潜むことができる。

笑った時の目元が似ているんじゃないか。木をよじ登るあの腕には、サンドバッグを叩《たた》く力強さが既に備わっているのではないか。あんなふうに誰かを慰められる子は、きっと文鳥にだって優しくできるはずだ……と、私は思う。

日が暮れるにつれ、少しずつ子どもたちは広場を去っていった。あれほど夢中になって遊んでいたのに、何の未練も残さず、母親か保母さんか友だちか、誰かの手を握り、広場よりももっと楽しい場所が待っていると確信する足取りで、どこかへ遠ざかっていった。

「さあ、いい子だ、おいで」

私はつぶやき、そっと手を差し伸べてみる。私の両手はただ、光を失いつつある虚空をつかむばかりだ。

また一つ、新たな問題が持ち上がった。文鳥の爪が伸びすぎ、上手《うま》く止まり木に乗れなくなったのだ。何度飛び乗ろうとしても、長くなりすぎて丸くカーブする爪に邪魔され、バランスを崩してしまう。それでもやはり、止まり木の上が安全だと信じているのか、脚を折り曲げ、斜めに傾きながらもどうにかしがみつこうとしていた。

「切ってやらなくちゃ」

「どうやって」

「爪切りでよ」

「こんな小さな爪を?」

「そう。あなたが捕まえてくれたら、私が切る」

「えっ」

「お店の人がやったように、そっとつかむのよ」

夫はひどくびくびくしていた。考えてみれば、私たちはまだ一度も文鳥に直接触れたことがなかった。ツートンカラーに色分けされた頭も、ハッカ飴のような腹も、細すぎる脚も、どんな手触りをしているのか知らなかった。夫が手首から先を籠の中へ差し入れた途端、文鳥はかつて見たこともない激しい羽ばたきで抗議し、少しでも羽に手が触れると、首をひねって嘴で攻撃してきた。

ただ文鳥を怖がらせるだけで、夫の手は何の役にも立たなかった。逃げ回っているうち、金網に引っ掛かったのか、両脚合わせて全部で八本ある爪のうち、半分の四本が根元から抜け落ちてしまった。

「ちょうどよかったじゃないか」

夫は言った。

「残りもそのうち抜けるさ」

しかし、それが普通でない事態なのは明らかだった。文鳥は籠の片隅、水浴び用の容器に体をもたせ掛けるようにしてうずくまっていた。もはや羽ばたく元気も、止まり木に執着する気力もない様子だった。二本の脚はハッカ飴の胴体の下に折り畳まれて見えず、膨らんだ羽は小刻みに震えていた。体勢を変えようとしてもぞもぞする時、ちらっと覗く爪の抜けた趾《あしゆび》は、縁が盛り上がり、その奥に頼りなげな穴が開いていた。少しでも慰めになればと、小松菜の葉を嘴の前に差し出してみた。文鳥は見向きもしなかった。

きっとさえずる元気もないだろうとは思ったが、いつもの習慣で私たちは、鳥籠に作業着を被せてから眠った。

抜けた爪は二度と生えてこなかった。趾の穴は薄暗い空洞を覗かせたままだった。やがて残っていた爪も、一本、また一本と力尽きていった。全部の爪が抜けた方が却《かえ》ってバランスが整うだろう、という私たちの憶測は外れたようだった。四つずつ、合わせて八つの穴の開いた脚は見るからに痛々しく、覚束なかった。最初、膿《う》んで濡《ぬ》れていた穴の縁は、乾いてくるにつれ変色し、引き攣《つ》れ、ごつごつと盛り上がって洞窟《どうくつ》の入口のようになった。頭頂部から背中にかけての黒い毛はまだらに変色し、頬の白色との境界線はぼやけ、自慢のハッカ飴は艶を失っていた。

このままいけば形がなくなってしまうだろう、と思うほどたくさんの羽根が抜け、出窓に降り積もった。不用意に息を吸い込むと、舞い上がる羽毛が唇に張りついた。そのたびに私たちは、「ちぇっ」と言いながら唾《つば》で濡れたそれをはぎ取り、丸めてそのあたりに投げ捨てた。

とうとうさえずりは聞こえなくなった。時折、嘴を上方に突き出し、首を震わせ、歌おうとする素振りは見せるものの、ただギッ、ギッという濁った音が漏れてくるばかりだった。それは彼の脚に潜む洞窟にこだまし、いつまでも消えない残響となって私たちの鼓膜を侵食した。そのために相変わらず、作業着が必要だった。

やがて、毎朝それを籠から取り除くのが億劫《おっくう》になってきた。作業着をめくり、一晩の間に進行した何かしらの変化、例えば目の縁取りがすっかり黒ずんで陥没していたり、シートに黄土色の体液が染み込んでいたりするのを目にするのは、やはり苦痛だった。ほんの一瞬で済むはずのその作業をどちらがするか、私たちは駆け引きをした。相手が否応《いやおう》なくそれをしなければならない状況に持ってゆくためには、どうしたらいいか、毎朝頭を巡らせた。ことさら音を立てて皿を洗い、普段より濃いめの口紅を塗り、カレンダーに意味のない印を書き入れた。指を鳴らし、咳《せき》ばらいをし、爪を噛んだ。

そうしてようやく私たちは、最も簡単な方法を思いついた。籠を作業着でずっと覆ったままにしておくことに決めたのだった。

夫が夜勤のその日、珍しく『愛玩動物専門店』は休みだった。砦にはいつものように動物たちがうごめき合っていたが、入口に〝本日午後、イベント参加のためお休みします〟と張り紙がしてあったので、そうだと分かった。

仕方なくそのまま憩いの広場へ向かった。商店街を抜けるあたりから、広場が普段にも増してにぎやかなのが伝わってきた。陽気な音楽が流れ、マイクの声が風に乗って途切れ途切れに聞こえ、テニスコートのフェンスに沿ってテントが連なっていた。銀モールと造花で飾りつけられた手作りのゲートや、色とりどりの風船も見えた。

かつてないほど大勢の子どもたちが集まっていた。何か特別な雰囲気に興奮し、とてもじっとしてなどいられないといった様子で走り回ったり、奇声を発したりしていた。幸いにも一つだけ空いていたベンチに、私は腰を下ろした。あたりにはベビーカーがずらりと並べられていた。あらゆる月齢用、双子用、簡易型、最新型、高級品、粗悪品、さまざまな種類があった。いつも保母さんが押している、特製ワゴンもあった。それぞれ手すりにおもちゃをぶら下げたり、アップリケのついたキルトを敷いたりして個性を発揮していた。どれも全部、中は空っぽだった。

澄み切った空がどこまでも続く、気持ちのいい初夏の午後だった。風の向きが変わるたび、音楽とマイクの声と子どもたちのざわめきが入り混じり、波のように寄せたり遠のいたりした。それに合わせ、風船と、テントの間から立ち上る煙も揺らめいた。

何か食べ物の焦げるにおいがしていた。脂ぎった、胸やけのするにおいだった。『愛玩動物専門店』の青年を探すお気に入りの時間が、こんなざわついた雰囲気で侵されるのは心外だったが、おかげでこんなにもたくさん子どもが集まっているのだから、と自分を慰めた。私はいつも通りベンチの背にもたれ、指を膝《ひざ》の上で組み、まぶしい光の中、男の子を目で追いかけた。

一つ、大きな歓声と、拍手が巻き起こった。始終マイクは何かを叫んでいたが、風に流されて言葉の意味は何一つ聞き取れなかった。大人の間を駆け抜け、飛び跳ね、くるくると回転する子どもたちの興奮はいよいよ高まっていた。太陽を浴びて銀モールは輝き、煙は空の高いところへ吸い込まれ、ベビーカーたちはただひたすら、子どもたちが戻って来るのを待っていた。

「ちょっと、いいですか」

不意に、見知らぬ誰かが声を掛けてきた。エプロンをして、調理用のビニール手袋をはめた若い女性だった。

「ホットドッグを買ってくれませんか」

確かに手にはホットドッグを一つ持っていた。

「世界一長いホットドッグのギネス記録に挑戦したんです。これを売って、世界の恵まれない子どもたちのために寄付をするので、ご協力をお願いします」

私は黙って小銭を払った。

「パンに挟む途中で、ソーセージが切れて、新記録にはならなかったんですけどね」

そう言い残して女性は立ち去った。

ホットドッグはすっかり冷めていた。ソーセージの脂を吸ってパンはべとべとし、ケチャップは毒々しくてかっていた。一口食べると、残りはベンチの下に投げ捨て、靴で踏みつけた。それはあっという間に、作業着でぐるぐる巻きにされたままの文鳥のように醜く潰れた。

とっさに私は一番手近にあったベビーカーの持ち手をつかみ、それを押して広場を立ち去った。水色のタオル地でできたペンギンのぬいぐるみと、丸まったガーゼと、おしゃぶりが中に転がっていた。チェックのシートにはミルクを吐いた跡が残っていた。予想したよりもベビーカーは重く、ガタガタと耳障りな音を立てた。それでも構わず商店街の真ん中を堂々と通り抜けた。誰も私を振り返らなかった。『愛玩動物専門店』の前にいる、いつもの彼らが騒いだだけだった。

文鳥の待つ家まで、私はひたすら空のベビーカーを押し続けた。

the Guinness World Record for
the world's longest hot dog

世界最長のホットドッグ

２０３・８m。２０１１年7月15日、パラグアイのマリアーノ・ロケ・アロンソ市にて作られた。普通サイズの１１３２個分。ギネス世界記録公式認定の基準によれば、ソーセージが途中で切れた場合は失格。

The Thirteenth Brother
In the memory of Tomitaro Makino

第十話

十三人きょうだい

父は十三人きょうだいの上から八番めか九番めあたりだった。自分でも時々混乱するらしく、微妙に数字が狂うことがよくあった。しかしこれだけの人数になれば多少のずれなど大した問題にはならない様子で、本人は何のこだわりも持っていなかった。

当時、子沢山の家は珍しくなかったが、それでも十三人は町内一の数を誇っていた。しかも連れ子や養子といった変則技はなし。正真正銘、祖母が一人で産んだ子どもだった。

「一人も死なせなかった。全員、育て上げて、おまけに大学にまでやった」

というのが祖母の自慢だった。向かいの写真店は長男が戦死、次女が結核、角の仕出し屋の末っ子は死産で、裏通りの歯医者の息子は川で溺死《できし》……。この話題になると必ず祖母は、同じ町内の家々で亡くなった子どもを数え上げ、「ああ、本当に気の毒だった」と言いながら、改めて自分の幸運に感謝するように、天に向かって両手を合わせた。

紡績会社に勤めていた祖父は、十三人めの誕生を見届けた数年後、肝臓を患い、呆気《あっけ》なく旅立った。残された祖母は県庁の売店に仕事を見つけ、遺族年金とわずかな内職でどうにか子どもたちとの暮らしを支えた。その時、年かさの何人かは既に家を出て独立していたとはいえ、残りの半分以上はまだ学費のかかる年頃だった。

「どうやってやり繰りしていたんだろう」

当時の家計を思い出して祖母は指を折り、いまだに不思議でならない、という表情を浮かべた。

「入学金に授業料、制服代、部費と遠征費、歯の矯正に習い事……。何べん考えても足りないはずのお金が、なぜかどうにかなったんだから、ありがたい」

お金の問題もまた、祖母にとって天に感謝すべき大事な項目の一つだった。

私が物心ついた時には既に、祖母は長かった子育てを終え、余生を楽しんでいた。子どもたちは各々職業に就き、伴侶《はんりょ》を得て巣立ち、その頃家に残ったのは一番下の叔父《おじ》一人きりになっていた。

数えきれないおじおば、いとこ、はとこの中で、私はこの叔父さんと最も仲が良かった。父と血がつながっているとは思えないくらいにハンサムで、背がすらりと高く、胸に響くバリトンの持ち主だった。唯一まだ独身で、いつまでも実家から離れようとしないせいだろうか、皆からは半人前の甘えん坊といった扱いをされ、名前ではなく、「坊主」とか、「坊や」とか、「おちび」と呼ばれていた。本人もそのあたりをわきまえ、親戚《しんせき》が集まる場では、話の中心になって目立つようなことはせず、末っ子に相応《ふさわ》しい末席で機嫌よく、物静かに振る舞っていた。

実はこの叔父さんに対し、私だけは自分で考えたある特別な呼び名を使っていた。

「サー叔父さん」

そう呼びかけると、実にうれしそうな、やっと一人前に扱ってくれる人物が現れてほっとしたような笑みを浮かべた。叔父さんは私が何か頼み事をするたび、たとえ絡《あや》まった綾取《と》りの紐《ひも》を解いてほしい、というささいなお願いであっても、姿勢を正し、「アイアイサー」と言って敬礼した。小さな女の子を、将軍か大統領にでもなった気分にさせてくれる、きびきびとして恰好《かっこう》のいい敬礼だった。最後、サーと決める瞬間、中指の先がピンと反り返るところが特に好きだった。けれど瞳《ひとみ》にはどこかおどけた表情が見え隠れし、それが叔父さんの顔をいっそう優しげにしていた。

「よし、これは二人だけの秘密の呼び名にしよう」

叔父さんが言った。

「分かった」

すぐさま私は承知した。

「決して他の誰かに聞かれてはならない名前だ。いいね」

私はうなずいた。

「もし聞かれてしまったら?」

「えっと……その場合は……」

一度咳払《せきばら》いをしてから叔父さんは答えた。

「二人の友情の魔法が解ける。そしてもう二度と、君の頼みを聞いてあげられなくなる」

いかにも残念そうな口調だった。

「それは困る」

思わず声が大きくなり、慌てて私は自分の口を両手で覆った。いつどんな時も、必ず叔父さんは頼み事を叶《かな》えてくれると、私はよく知っていたからだった。

「ちゃんと気をつける。叔父さんだけに届く声で、こんなふうに呼ぶわ」

小箱に入った宝物を守るように、私は口元を覆った掌《てのひら》の中に向かい、「サー叔父さん」とささやいた。叔父さんは片耳を寄せ、「うん、聞こえる」と言ってうなずいた。これで、私たち二人の約束は成立だった。


祖母の家はすぐ近所だったので、学校の帰りや休みの日にはしょっちゅう遊びに行っていた。旧道沿いの奥まった一角に建つその家は、古いうえに、子どもの増加に合わせて無計画に建て増しを繰り返したため、段差だらけのいびつな造りをしていた。どこにつながっているとも言えない細い廊下、裏の用水路に面した半地下の洗濯室、垂直の梯子《はしご》段の先にある屋根裏部屋、中庭を取り囲みつつ一続きの輪を成す広間、ひんやりとしたタイル張りの台所、日の射さない二階のホール、材質も大きさも異なるいくつもの扉……。そうしたもろもろがまとまりなく、好き勝手に組み合わさっていた。明らかに二人で住むには広すぎ、同時に危険でもあったため、幾度となくきょうだいの中から建て直しの提案がなされたが、人数が多すぎていつも話はまとまらないのだった。結局、いつまでも家は昔の姿のまま、取り残されていた。

当然ながら子どもが一人、また一人と巣立ってゆくたび、空き部屋が増えていった。それに伴って出てくる不用品はすべて、三階の屋根裏部屋へ押し込められた。そこは昔、子どもたちの遊戯室だった。生活の場の秩序をできるだけ守るため、思う存分エネルギーが発散できる場所を一か所に隔離しようとして、祖父が無理やり発掘した空間だった。天井は低く、床は埃《ほこり》でざらざらとし、開かない天窓から光が射し込んでいた。毎日必ず一人は梁《はり》に頭をぶつけてたんこぶを作り、誰かが走り回ると、舞い上がった埃が光の帯の中できらめいて綺麗《きれい》だった……。いつだったか、サー叔父さんがそう教えてくれた。

叔父さんは勉強机や参考書の束や古着の詰まった段ボール箱を担いで梯子段を登り、天井板を外してそれらを三階まで運び上げた。梯子段は急なだけでなく、朽ちかけていたし、荷物も重すぎたりバランスが取りにくかったりして、私はひやひやした。手伝おうか、と言っても叔父さんは、平気平気という顔で、次々と兄や姉たちの名残を隠していった。

足腰の衰えた祖母は既に梯子段に近づくのを禁じられていた。もはや、元遊戯室の現状を正しく把握しているのはサー叔父さん一人だけだった。三階が物で塞《ふさ》がれてゆくのと反比例して、下の階は余白と静けさに満たされていった。

自分が産んだ十三人の誰よりも祖母は小柄だった。このお腹のどこに赤ん坊を宿せるのだろうと不思議に思うほど腰骨は細く、余分な脂肪はどこにも見当たらなかった。役目を終えて退場する準備をはじめたかのように、背骨は縮み、腰から折れ曲がっていた。

それでも身に染みついた習慣は抜けず、がらんとした部屋をあちらからこちら、こちらからあちらへと行き来しつつ、そう汚れてもいない窓を磨いたり、カーテンの綻《ほころ》びを繕ったりしていた。自分の足元を見つめながら、空白の中を音もなく漂う後ろ姿は、いっそう小さく見えた。そんな祖母の邪魔にならないよう、サー叔父さんはいつも傍らにそっと控えていた。

今や好きなだけ空いた部屋を使える身分になったにもかかわらず、サー叔父さんは末っ子時代に押し付けられた、子ども部屋の中で最も狭く薄暗い一室を使い続けていた。二階の北西角、建て増しの途中に偶然できた空洞としか言えない、ベッドと書き物机だけで一杯になる細長い小部屋だった。換気用程度の小窓しかなく、壁紙にはカビが生え、天井には蜘蛛《くも》の巣が張っていた。

城壁公園の管理事務所で働いていた叔父さんは、勤務時間にゆとりがあったらしく、しばしば平日の午後でも家にいて、一緒に遊んでくれた。

「ねえ、サー叔父さん。蜘蛛が怖くないの？」

その点に関し、私は日頃から尊敬の念を抱いていた。叔父さんは決して蜘蛛の巣を掃除しようとしなかった。いつしか蜘蛛たちもその小部屋の安全に気づいたのか、巣はどんどん勢力を増しつつあった。

「夜寝ている時、顔の上に蜘蛛がツツーッと降りてきたらどうするの？」

「歓迎するよ」

「勇気があるのね、サー叔父さん」

小部屋で二人きりの時は、周囲を気にせずこの呼び名を口にできるので安心だった。

「知らないのかい？　蜘蛛の巣は宇宙からの手紙なんだ」

叔父さんは言った。

「えっ、本当？」

「糸の模様で、暗号化されているのさ。宇宙人とは言葉が通じないからね」

「なんて書いてあるの？　例えば、あれ」

部屋の中で一番立派な、たわむほどの巣を私は指さした。

「解読にはもうちょっと時間がかかりそうだよ。できるだけたくさんの巣を集めて、詳細に分析して、文法を割り出さないと」

「ねえ、もっと近くで見たい」

私はピョンピョン飛び跳ねた。

「アイアイサー」

叔父さんは私を抱え上げ、肩車した。あまりにも軽々とした動作なので、自分の体がどう扱われているのか確かめる間もないほどだった。気づくと床が遠ざかり、いっぺんに世界の見え方が変化していた。こんな小さな部屋でさえ、空に近づいたような晴れ晴れした気分になれた。足が宙に浮き、心もとないはずなのに、腰はたくましい両手に守られ、太ももからは叔父さんの体温が伝わってきた。

すぐそばで見つめると確かに蜘蛛の巣は、私が思うよりずっと繊細で奥深く、なおかつ美しかった。さまざまな形が組み合わさった図形には、神秘的な規則が隠れているらしい雰囲気が漂っていた。

「蜘蛛は？」

「別の場所で新たな手紙を執筆中だよ」

私たちが喋《しゃべ》ると、巣は危うげに揺れた。手紙の送り主が無言で応答しているかのようだった。窓から届くわずかな光が、糸の一本一本をすり抜けていた。

「私の部屋にも来てくれないかなあ」

「残念ながら、誰も彼もっていうわけにはいかないんだ。手紙を受け取れる人には、あらかじめ目印がつけてある。ほら、見てごらん」

叔父さんは私を肩車から下ろし、シャツの襟をめくった。

「ここに三つ、二等辺三角形をした黒子《ほくろ》がある。これが目印だ」

確かに鎖骨の窪《くぼ》みに三つ、同じ大きさの黒子が三角の形に並んでいた。

「本当だ。触ってもいい？」

叔父さんの鎖骨はすべすべしていた。

「私にもあればいいのに」

目につく限りあちこちを探したが、それらしい黒子はどこにもなかった。

「そのうちできることもあるから、気をつけておいた方がいいよ」

それからしばらく、服を着替えたりお風呂《ふろ》に入ったりするたび必ず、鏡を使って全身くまなくチェックするようになった。これは、と思われる兆候を発見するとすぐにサー叔父さんに見てもらったが、結果はいつも期待外れだった。単なるソバカスだったり、三角形というには無理がありすぎたりした。

「がっかりしなくていいよ。そのうち、そのうち」

と言って、叔父さんは慰めてくれた。

目印探しは二等辺三角形の定義を学校で習う頃まで続いた。その時にはもう、肩車をしてもらうには身長が高くなりすぎていた。自分は手紙の暗号解読者になど選ばれるはずはないのだ、といつしか分かっていたが、叔父さんの前ではあきらめていない振りを続けた。一緒に蜘蛛の巣を眺めては「ふむふむ」と言ってうなずき合ったり、微笑み合ったりした。

一年に一度、八月のお盆には十三人のきょうだいが全員、祖母の家に集まる習わしになっていた。ここぞとばかり、一年中で祖母が最も張り切る日だった。各々の配偶者と子どもにそのまた子どもが揃うと、途端に家は人であふれ返った。一体全部で何人いるのか、間柄はどうなっているのか、正確に把握している者は誰もいなかった。

祖母は家中を駆けずり回り、すべてを取り仕切った。特に食事の用意はすさまじかった。朝、昼、晩。おやつにおつまみに夜食。四六時中誰かが何かを食べたがっていた。普段がらんとして寒々しい台所は、祖母を中心とした料理隊のメンバーに占拠され、戸棚の奥に仕舞われた鍋《なべ》や食器が次々と出動し、ガスの火が消される暇もなく、湯気と汗と熱気でむせ返るようだった。トウモロコシが茹《ゆ》でられ、エビがてんぷらにされ、牛肉がソテーされた。ある者はインゲンの筋をとり、ある者は巻き寿司《ずし》を巻き、ある者は寒天をふやかした。

そうしている間も子どもたちは少しもじっとしていられず、足音と奇声と泣き声を響き渡らせ、大人たちは止《や》むことのないお喋りに興じていた。トランプ、行水、テレビ、スイカ割り、昼寝、ギター演奏、取っ組み合い、カラオケ、木登り……。ありとあらゆる種類のざわめきが家を支配していた。そのざわめきに侵されていないのは、屋根裏の元遊戯室と、サー叔父さんの小部屋だけだった。

叔父さんは混み合った家の中を身軽にすり抜けながら、困っている人がいれば手助けをし、捜し物をしている人がいれば在りかを指し示し、話の輪の片隅に加わっては、相槌《あいづち》と微笑みで雰囲気を盛り上げた。どれもさりげないやり方だったので、少なからず興奮し、自分のことで頭が一杯の皆は、お礼を言うことも、振り向くこともしなかった。それでも叔父さんは不満げな顔は見せなかった。長年、末っ子をやっていますから、末っ子らしい振る舞いには慣れています、とでもいう様子だった。

どちらから言い出したわけでもなかったが、私たちは普段の仲良しぶりを封印し、わざとよそよそしい態度を取った。ついうっかり私が「サー叔父さん」と呼び掛けてしまったら、誰かの耳に入る危険が大きいからだった。それでも時折、叔父さんが目配せをしてくれるので安心だった。いとこたちに仲間外れにされても、自分には本物の味方がいるのだと、確認することができた。

台所仕事の合間を縫い、祖母は中庭に面した縁側に台を設《しつら》え、先祖を迎えるための飾りつけをした。信心深いはずの祖母は、なぜかこの飾りに関してだけは、胡瓜《きゆうり》の馬と茄子《なす》の牛、という伝統に従わず、独自のやり方を貫いた。

「だって、馬より飛行機の方が速いだろう?」

そう言って祖母は、掌の真ん中にすっぽり収まるほどの、小さい飛行機のおもちゃを台に並べた。この日のためにせっせとキャラメルを買って集めたおまけだった。

「一番速い乗り物でこっちへ帰ってきてくれなくちゃ」

「そうだね」

私は答えた。

「馬なんかじゃ、待ち遠しくてとても我慢できないよ」

そしてあの世へゆっくり戻るための乗り物は、三輪車だった。

「牛は乗り心地が悪い」

まるで以前、牛に乗ってひどい目に遭ったかのような口ぶりだった。

「三輪車の車輪はちっちゃいからね。いくら漕《こ》いでも少ししか進まない。長い間、後ろ姿を見送っていられる」

「うん」

私はうなずいた。

不思議に台の飾りには誰も寄ってこなかった。二人顔を寄せ合い、台を覗《のぞ》き込んでいると、家に響き渡るざわめきがどこか遠のいてゆく気がした。三輪車も飛行機も、キャラメルのおまけにしてはきちんと作られていた。車輪とハンドルは動き、プロペラは回転し、翼は空に映える銀色をしていた。祖母は人差し指と親指で飛行機の胴体をつまんで滑走させると、台の端から飛び立たせた。「ブーン」と言いながら時々プロペラを回し、中庭に降り注ぐ日差しの中を上昇させ、腕を一杯にのばして頭上を何度も旋回させた。祖母の指先で銀色が光っていた。

その傍らで私は三輪車を押した。ガタガタした台の上を、それは不器用に進んだ。祖母が望むとおりの、ゆっくりした歩みだった。

アンデルセンの『絵のない絵本』を三十三夜、全部朗読してくれたこと。梅酒を一口飲ませてくれたこと。読書感想文の捏造《ねつぞう》に手を貸してくれたこと（文部大臣賞を受賞した）。ホラー映画に連れて行ってくれたこと。誕生日に英語の歌をうたってくれたこと（歌詞の意味は分からなかった）。世界を消滅させる最終ボタンの隠し場所を教えてくれたこと……。

サー叔父さんを思い出す時、「アイアイサー」の恰好いい敬礼とともに、叶えてくれた数々の願いがよみがえってくる。まるでそれらこそが、叔父さんの存在を形作っていたすべてであったかのような気持ちになる。年月が過ぎるにつれ、叔父さんの顔や祖母の家の間取りの記憶が薄れていったとしても、敬礼の時反り返る指先や、朗読と歌になるといっそううっとりさせる響きを帯びる声や、最終ボタンの形（それはテレビのリモコンに紛れ込んでこっそりと設置されていた）は、昔の胸の高鳴りのまま、鮮やかに浮かび上がってくる。それらはすべて私にとって、あの頃自分のそばに間違いなくサー叔父さんがいたのだ、という証拠になっている。私は繰り返し何度も証拠を取り出しては、合わせた掌の中に包み、周りに誰も聞いている人がいないか確かめてから、「サー叔父さん」とささやきかけている。二人で交わした約束をずっと守り続けている。

城壁公園は祖母の家から歩いて二十分くらいのところにあった。旧道を抜け、土手と交差する四つ角を東に折れ、橋を渡ればもうそこが公園だった。小部屋に叔父さんがいない時でも、そこへ行けば必ず会うことができた。管理事務所の制服は濃紺の、ごく平凡な作業着だったが、手脚の長い、姿勢のいい叔父さんの体にはとてもよく似合っていた。小部屋に閉じこもって蜘蛛の巣の暗号を解いている時より、広々とした空の下にいる時の方がよりハンサムに見えた。

叔父さんの担当は濠《ほり》にいる白鳥たちの世話だった。濠沿いに続く遊歩道が大きくカーブし、彼らの休息場になっている浮島とちょうど接するあたりが、叔父さんの定位置になっていた。たいていはそこで餌をやったり、体調の悪い個体がいないか観察したり、観光客に頼まれてカメラのシャッターを押してあげたりしていた。白鳥たちは叔父さんによくなついていた。呼び止めるように鳴き声を上げるのもいれば、長い首をくねらせて愛嬌《あいきょう》を振りまくのもいた。

「全部で376羽いるんだ」

と叔父さんは言った。

「いちいち数えたの？」

「当たり前さ。一羽一羽、番号のついた足輪をつけてる」

「叔父さんがつけるの？」

「そうだよ」

観光客がまだ一人も現れない早朝、浮島に上がってくる白鳥を一羽一羽抱きかかえ、怖がらせないよう優しく声を掛けながら、足首に輪っかをはめてゆく姿を想像するだけで、私は誇らしかった。1番から376番まで、公園にいる白鳥のすべてを叔父さんは家来として手中に収めているのだ。私の叔父さんは白鳥の王なのだと、公園を行き交う人々に大きな声で自慢したい気持ちだった。

「でもね、欠番があるんだ」

濠に浮いた枯葉を網ですくいながら叔父さんは言った。

「ケツバンってなあに？」

ゴミ袋を持って私は後ろをついて歩いた。

「所々欠けているんだ。8、54、91、177、209……」

網の動きに合わせ、深緑色に濁った濠の水は渦を巻き、その渦を避けるようにして白鳥たちは水面を横切っていった。

「ある朝来てみると、白鳥の死体が石垣の出っ張りや橋脚に引っ掛かっている、っていうことは珍しくないよ。歳を取って病気になったり、カラスに襲われたりしてね。死んだ白鳥の足輪は、新しく生まれてくるひな鳥に引き継がれる。でも時々、一年に一羽か、二年に一羽、不意に姿を消してしまう白鳥がいるんだ。暑い盛りの時分に」

「行方不明ね」

網に溜《た》まった枯葉を私はゴミ袋に押し込めた。枯葉の固まりは冷たく、ぬるぬるしていた。

「そう。水底から遊歩道沿いの木立まで、くまなく捜しても見つからない。ここで飼っている白鳥は全部、風切羽を切ってあるから、公園より外へは飛んで行けないはずなんだけど。この場合、足輪は欠番になる」

「新しいのを作ればいいじゃない」

「いつか戻って来るかもしれないと思って、待っているんだ」

私は泳いでいる彼らの足首に目を凝らしたが、水中が暗すぎて足輪は見えなかった。

「だけど……」

叔父さんは手すりから身を乗り出し、網を深く沈めて大きな弧を描いたあと言葉を継ぎ足した。

「きっと帰ってはこないだろうね」

私は濡《ぬ》れた手をスカートにこすりつけ、叔父さんの横顔を見つめた。

「三輪車が漕げないくらい小さな子どもには、白鳥の助けが必要なんだ」

意味がよく分からず、私は黙って次の言葉を待った。

「幼すぎてペダルに足が届かない子を背中に乗せて、送り届けてあげるんだ。もちろん、後ろ姿ができるだけ長い間見えるように、三輪車と同じくらいにゆっくりと」

縁側の台の上を、ガタガタと進んでゆく三輪車の感触がよみがえってきた。前かがみになった作業着の襟元から、三つの黒子が覗いていた。

「幼子を乗せて飛び立っていった白鳥は、もう二度と戻って来られない。永久欠番だ」

「本当？」

「ああ。蜘蛛の巣の暗号に、そう書いてあった」

「ケツバンの白鳥は、きっと心が優しいのね」

「毎日世話をしていると分かるよ。目つきや泳ぎ方や羽の色合いに、どことなく雰囲気がある。次はたぶん、何番の白鳥だろうなあ、という気がすると、たいてい的中する」

白鳥たちは思い思いに寛《くつろ》いでいた。浮島をペタペタと歩きながら草の間の餌をついばみ、どこに行く当てもなく流れに乗って水面を滑り、つがいで向き合いながら互いの首を交差させていた。濠のずっと向こう、視界の先の先まで彼らの姿はあった。絶えずしゃがれた鳴き声と、水面を叩《たた》く翼の音が響き合っていた。

次は何番の白鳥だろう。一羽一羽目で追い掛けたが、私には区別がつかなかった。


「叔父さんの名前は何?」

私がこの質問をしたのはたぶん、白鳥の話を聞いたあとだったと思う。遊歩道沿いのベンチに座り、公園の売店で買ってもらったソフトクリームを食べている時だった。

「ちゃんと手は洗った?」

叔父さんはすぐには答えなかった。

「うん」

私は勢いよくソフトクリームにかぶりついた。いっぺんで口の周りが白くなった。

叔父さんの名前は何か。私は胸の中で自分の質問をもう一度繰り返してみた。改めて考えてみれば、名前を尋ねる機会などいくらでもあったはずなのに、なぜ今までそれをしなかったのか、そしてなぜ急にそれを知りたいと思ったのか、自分でもよく分からず、奇妙な気がした。白鳥を眺めているうちに何となく、としか他に言いようがなかった。

「一個全部食べられるかい?」

「うん」

散歩を楽しむ人々が、一人、また一人、ベンチの前を通り過ぎていった。溶けたクリームが垂れてこないよう、私は舌をのばしてコーンの縁を一周させた。叔父さんはコーヒーの入った紙コップを片手に持ち、前かがみになってぼんやりと白鳥に視線を送っていた。

相変わらず彼らは自由気ままに、日差しの降り注ぐ水面を泳ぎ回っていた。

「サー叔父さんだ」

間があいたせいで、それが質問に対する答えだとすぐには気づかなかった。

「僕の名前はサー叔父さんだ」

叔父さんの視線は遠くを向いたままだった。

「ううん。違う。本当の名前を教えてほしいの」

「名前に本当も嘘もないよ」

「だって……」

「十三人も子どもがいたからね。おじいちゃんもおばあちゃんも、僕に名前をつけるのを忘れちゃったんだ」

「えっ……」

「蟻の行列を思い浮かべてごらん。長い長い行列の、一番後ろの、最後の一匹を見たことがあるかい？」

私は首を横に振った。

「そうだろ？　どんなに目を凝らしても、はっきりしない。手をのばしたって届かない。日なたと日陰の隙間に吸い込まれたみたいに、いつだって最後尾はぼんやりしてる」

私は足元を横切る、光と影の境界線を靴の先でなぞった。そこに溶けたクリームがしたたり落ちた。

「13番は永久欠番だ」

首をしならせ、嘴《くちばし》を上下させながら、一羽の白鳥が一段と大きな声を上げた。それにつられ、あちこちで鳴き声が重なり合った。

「名前がないなんて、かわいそう」

私の声は呆気なく、白鳥たちにかき消された。

「そんなことはない」

叔父さんはすぐさま、私に顔を寄せて言った。

「この世にあるものは何だって、神様が創った時には別に名前なんてないんだ。でも人間は神様ほど頭が良くないから、区別をつけるのに便利なように名前をつけているだけさ」

「そうなの?」

「例えば、ほら、あそこ。木陰に笹《ささ》が生えてる。スエコザサだ。初めて発見した植物学者が、病気の奥さんの名前をつけたんだ。慎ましくて、でも気高くて清浄な様子が、奥さんにぴったりだったんだろうね。あるいは公園の東広場で飼ってるハモニカ兎。交配した農家の子どもが命名者だ。両手を舐《な》めてる姿を見て、ハモニカを吹いていると勘違いしたのさ。それから無数の星。大昔の人たちが線で結んで、空に絵を描いて、英雄やお姫様の名前をつけた」

叔父さんは木陰と、東の方角と、空を順に指さした。

「そして僕はサー叔父さん。可愛い姪《めい》っ子が、行列の最後尾、永久欠番のために考えてくれた名前だ」

その日以降、私は二度と叔父さんに本当の名前を尋ねなかった。祖母や両親に聞くという手も使わなかった。それはとてもずるい方法で、叔父さんに対して失礼な気がした。しかし私が質問を封印した一番の理由は、一旦《いったん》その疑問を口にすると、テレビのリモコンに隠された最終ボタン、世界を消滅させる例のボタンを押すのに等しい事態が生じるのではないか、という恐れを抱いたからだった。

サー叔父さん、と口にする時、私はいっそうの注意を払った。欠けた番号の空白を埋めるように、幼子を乗せて飛び立つ白鳥を見送るように、優しい声で呼びかけた。

次の年の夏、祖母はもう飛行機と三輪車の飾りつけはできなかった。梅雨のはじめに脳卒中で倒れ、三週間ほど入院したのちに亡くなったのだ。

葬儀にはまた無数の親族たちが集結した。たとえ全員が悲しむ人々であっても、人数が多ければ多いだけ、涙にはそぐわない興奮とにぎやかさがあたりを占めていた。誰が音頭を取るでもなく、物事はごく自然に運んでいった。皆が右往左往しているようで、実はちゃんと、祖母を見送るというただ一つの地点を目指していた。

サー叔父さんはいつもの自分の位置を保っていた。延々と続く行列の、靄《もや》に包まれて半分おぼろげに消えかかっている最後尾だった。私は叔父さんから目を離さないようにした。

油断するとすぐ視界からはみ出してしまうその姿を、注意深く目で追い掛けた。見失いそうになるたび、瞬《まばた》きをし、声には出さずに息だけで「サー叔父さん」とつぶやいた。

ふと気づくと叔父さんは列から外れ、梯子段を登って屋根裏部屋へ上がっていった。私以外誰一人、最後尾で起こっていることになど気づいてもいなかった。やがて叔父さんは何かぐらぐらする荷物を肩に担ぎ、慎重な足取りで梯子段を降りてきた。

「何?」

「三輪車だ」

靄の中で耳にする叔父さんの声は更に深みを増して澄んでいた。よく見れば確かにそれは、毎年祖母が飾っていた、車輪とハンドルとペダルがちゃんと動く、キャラメルのおまけの三輪車だった。

「屋根裏部屋にあったの?」

「家を巣立っていった者たちの持ち物は何でも全部、そこに仕舞ってある」

「おばあちゃんのものも、運び入れなくちゃね」

「うん。寂しいけどね」

そう言って目を伏せると、叔父さんは三輪車にまたがり、ペダルを漕ぎはじめた。手も足も胴体もすんなりと三輪車に収まり、私が手で押すよりずっとスムーズに車輪は回転した。

「どこへ行くの?」

私の問い掛けには答えず、叔父さんはペダルを漕ぎ続けた。靄が流れ、渦を巻き、その中を車軸の軋《きし》む音が響いた。

「ねえ、待って」

叔父さんの背中は少しずつ遠のいてゆこうとしていた。

「サー叔父さん、待って」

思わず大きな声を出した途端、自分が取り返しのつかない失敗をしてしまったと分かった。列を成す人々がこちらを振り返ったのだ。慌てて私は両手で口を塞いだが、もう手遅れだった。

「お願い、戻って来て」

二人の約束が破られた今、「アイアイサー」の返事が聞こえる望みは残されていなかった。祖母に付き添い、サー叔父さんの三輪車はどんどん小さくなるばかりだった。いつの間にか、頭上を白鳥が舞っていた。

Tomitaro Makino

牧野富太郎（1862－1957）

植物学者。日本の植物分類学の礎を築く。生涯、収集した植物標本は約40万点。1500種類の植物を命名した。寿衛夫人との間に13人の子どもをもうける。植物の命名にあたり、学者の私情をはさむことを嫌悪した牧野であったが、唯一の例外として、仙台市三居沢で発見した新種のササに、54歳で亡くなった夫人の名をつけ、スエコザサとした。

参考文献

『ヘンリー・ダーガー　非現実を生きる』（小出由紀子編著／平凡社）
『HENRY DARGER'S ROOM 851 WEBSTER』（小出由紀子、都築響一編／インペリアルプレス）
『ローベルト・ヴァルザー作品集1〜5』（新本史斉、F・ヒンターエーダー＝エムデ、若林恵訳／鳥影社）
『ヴァルザーの小さな世界』（飯吉光夫編訳／筑摩叢書）
『ヴァルザーの詩と小品』（飯吉光夫編訳／みすず書房）
『天才たちの日課』（メイソン・カリー著／金原瑞人、石田文子訳／フィルムアート社）
『服従実験とは何だったのか　スタンレー・ミルグラムの生涯と遺産』（トーマス・ブラス著／野島久雄、藍澤美紀訳／誠信書房）
『狂気の科学　真面目な科学者たちの奇態な実験』（レト・U・シュナイダー著／石浦章一、宮下悦子訳／東京化学同人）
『グレン・グールドは語る』（グレン・グールド、ジョナサン・コット著／宮澤淳一訳／ちくま学芸文庫）
『ぼくはエクセントリックじゃない　グレン・グールド対話集』（ブリューノ・モンサンジョン編・構成／粟津則雄訳／音楽之友社）
『Vivian Maier: Street Photographer』（John Maloof編／powerHouse Books）
DVD『ヴィヴィアン・マイヤーを探して』（発売元：バップ）
『アサヒグラフ・バルセロナオリンピック総集編』（朝日新聞社）
『むしのほん』（エドワード・ゴーリー著／柴田元幸訳／河出書房新社）
『エリザベス・テイラー』（アレグザンダー・ウォーカー著／仙名紀訳／朝日新聞社）
『リズ』（C・デビッド・ハイマン著／広瀬順弘訳／読売新聞社）
『愛の自叙伝　エリザベス・テーラー』（エリザベス・テーラー著／宮川毅訳／恒文社）
『若草物語』（オールコット著／松本恵子訳／新潮文庫）
『ギネス世界記録2015』（クレイグ・グレンディ編／KADOKAWA）
『MAKINO』（高知新聞社編／北隆館）

初出　「本の旅人」二〇一六年二月号〜十一月号

小川洋子（おがわ　ようこ）
1962年、岡山生まれ。早稲田大学第一文学部卒業。88年「揚羽蝶が壊れる時」で海燕新人文学賞を受賞しデビュー。91年、「妊娠カレンダー」で芥川賞を受賞。2003年刊『博士の愛した数式』がベストセラーになり、翌年、同作で読売文学賞と本屋大賞を受賞。同じ年、『ブラフマンの埋葬』が泉鏡花文学賞、06年、『ミーナの行進』が谷崎潤一郎賞、13年『ことり』が芸術選奨文部科学大臣賞を受賞する。

不時着《ふじちゃく》する流星《りゅうせい》たち

2017年1月28日　初版発行
2017年4月20日　4版発行

著者／小川洋子《おがわようこ》

発行者／郡司 聡

発行／株式会社KADOKAWA
東京都千代田区富士見2-13-3　〒102-8177
電話　0570-002-301（カスタマーサポート・ナビダイヤル）
受付時間　9:00〜17:00（土日 祝日 年末年始を除く）
http://www.kadokawa.co.jp/

印刷所／大日本印刷株式会社

製本所／本間製本株式会社

ISBN 978-4-04-105065-1　C0093